本屋稼業

波多野聖
Hatano Shō

角川春樹事務所

目次

装幀　多田和博
装画　田地川じゅん

本屋稼業

第一章　二人の敗戦

「デカルトもカントも、紫式部も漱石も……ぜーんぶこの街の焚《た》きつけになってるんだなぁ」

様々な本の背表紙を思い出しながら、茂一《もいち》はそう口にした。

どこか可笑《おか》しい。

学問も知識も文化も歴史も燃えている。

茂一は炎の中に客たちの姿を見ていた。

「ゲーテの『イタリア紀行』は置いているかい？」

「はい、奥の右の棚にございます」

「さすがだね。では、『ホメロス風讃歌』は？」

古代ギリシャの女神を称《たた》えた詩も、人間の本性を抉《えぐ》った高尚なドイツ文学も、そっと数寄者《すきもの》に手渡していた猥褻《わいせつ》本も燃えている。

「絶対に黙ってないと駄目ですよ……ねぇ」

「分かってるよ」

好色な目をして嬉《うれ》しそうにそそくさと懐に入れる様子が目に浮かぶ……。

どれもこれも一塊になって、ごうごうと燃えているかと思うと、腹が立つというより痛快だ。

「………」

何を思ったか、茂一は操り人形のような様子で、両の手をゆっくりと持ち上げた。掌《てのひら》は地面を向き、肘《ひじ》は下にさがっている。

手を前に出せば幽霊の恰好《かっこう》だが、そのまま横にすると、だらしない奴《やっこ》さんが出来上がる。

「……♪」

そうして茂一は尻を振りながら踊り出した。

鉄兜をかぶり刺子《さしこ》半纏《ばんてん》に革のゲートル姿……それがどうにも似合わない粋《いき》と軽さが真骨頂の男だ。

普段なら蝶《ちょう》ネクタイを着けている。

タンゴかルンバが鳴っているかのようだ。

♪

戦火の中で中年男の奇妙な踊りが始まった。

誰かが見たら狂人だと思っただろう。

「……♪……」

茂一は踊りながら鼻歌を唄《うた》った。

唄うしかなかった。

金魚酒を飲みながら昨夜も酔っていた。

「空襲で死ぬかもしれないし、赤紙が来るかもしれないんだ」

「そうだね。ホントに明日をも知れぬとは今みたいなことをいうんだね」

一緒に飲んでいる小学校の同級生、車屋の主人が赤い目をして呟《つぶや》く。

「なるようになれだ」

茂一はそう言い放った。

「おっ、茂一っちゃん！　カッコいい!!」

だが、諦念《ていねん》といった恰好の良い言葉は茂一には似合わない。

「唄いたいから唄う。踊りたいから踊る。女を抱きたいから抱く。ボクはずっとそうしてきたんだ」

今も茂一は炎の中で踊りながらそう思っていた。

茂一が本屋をやりたいと思ったのは十歳の時だった。

「ボクは本屋をやる」

父親は反対したが、母親は違った。

「本屋になろうなんて……お前はえらいよ」

ずっと本屋を想《おも》い夢見続けた。

「やりたいと思ったから本屋をやった。そして、やれた」

その全《すべ》てが今、業火の中にある……。

踊りながら茂一はただ思い出していた。

後悔もなにもない。

「日本中が灰になっているんだ。明日にはボクも灰かも知れない……後悔もへったくれもないよ」

茂一は踊り続けた。

遠くで家々が盛んに燃えている。

いや、それほど遠くではない。目と鼻の先と言っていい。

遠くと感じたのは……己の四十年の人生が燃えているように思えるからだ。

新宿という街での自分の人生が燃えている。

B29が焼夷弾《しょういだん》を雨霰《あめあられ》と落とした後、防空壕《ぼうくうごう》をひとり出て、死んでもいいやと茂一は踊っていたのだ。

昭和二十(一九四五)年五月二十五日の夜だった。

「炎となるか……わが街、わが人生……」

踊りながら茂一はインテリっぽく悲しげに呟いてみた。

茂一の親もその親も、新宿で暮らし商いを営んできた。

茂一もここに生まれ、育った。

「よく遊んだ!」

そう叫んだ。

センチメンタルから一転、ずんぐり肥満した身を戦火に染めながら、踊り疲れた茂一は大きく伸びをした。

「遊んだァ……」

その言葉通りの茂一の新宿だった。

茂一が子供だった明治の頃、新宿の大半は山林で池まであった。

文字通り野山を駆け回り、池には小舟を出して遊んだ。

大正の初めに山は拓《ひら》かれ、池は埋められて原っぱになった。

草野球のボールが茂一の横を抜けて転々と転がっていく。

「茂一っちゃん！　ちゃんと守ってなきゃダメじゃないかぁ!!」

「アー、ごめん、ごめん」

茂一はグローブでバッタを追っていたのだ。

「あれも炎の中か……」

原っぱには府立第五高女の校舎が建った。

それが今、燃えている。

「ごきげんよう」

「ごめんあそばせ」

高女に通う女学生の連なりが目に浮かんだ。

下腹が疼《うず》いた。

茂一は長ずると原っぱではなく新宿名物、遊郭《ゆうかく》街で遊んだ。

「世之介《よのすけ》より、ボクの方が遊んだ」

女にかけては井原西鶴《いはらさいかく》『好色一代男』の主人公に引けを取らない。

「社長さん、今度はいつ来て下さる」

「そうだなぁ……お前さんが気に入ったから、明日もまた来るよ」

「嬉しい!! きっとよ!」

その遊郭街も燃えている。

炎が長襦袢《ながジュバン》のように見えた。


「!」

突然、音を立てて大きな火柱が上がった。

その方角には茂一の店がある。いやもう、跡形もなくなっているだろう。

「紀伊國屋……書店」

茂一は店の名を口にした。

そして舞い上がる火の粉をずっと眺めていた。


それから三ヶ月。やってきたその日は……嫌になるほどの快晴だった。

八月十五日。

茂一は死なず、徴兵も免れた。

車屋の友達もそのままだった。

「生きてるね」

「そうだね」

「なんだか、あっけなかったね」

「そうだね。でも……生きてるね」

新宿は大半が焼け野原となっていた。

何もかもあっけらかんと西日中

茂一の学校の先輩、久保田万太郎《くぼたまんたろう》はその日、そんな俳句を作った。

「……生きてる」

拍子抜けした茂一は、新宿の街、いや、街の跡を歩いた。

焼けに焼け、燃えに燃えた新宿。

建物が原形を留《とど》めているのは……二丁目の一角と伊勢丹、三越、そして二幸だけだ。

「まぁ、見事に焼けたもんだ」

街はなくなっていた。

なくなったのは街だけではなかった。

五月の大空襲を受けてから、新宿には国家も警察も法律もなくなっていた。

「どけどけ!!」

「なんだてめぇ！　どこの組のもんだ!!　ここが誰のシマか分かってんのかァ!!」

不法占拠など、どこ吹く風、見知らぬ人間たちがそこここに陣取り、のし歩く。

雨露をしのぐだけと思っていたそんな連中が、バラックを建て商売を始めている。

「えらいものだなぁ」

乳母日傘《おんばひがさ》で育ったボンボンの茂一は感心するしかない。

汗臭い声が響いている。

「さぁさぁ、アメちゃん放出の本物の粉ミルクだぁ！」

「スイトンだよーっ！　温かいよぉ！」

闇《やみ》物資が流れ出し、人々は栄養失調から我先に逃れようとしていた。

復興というものは人間の生存本能から湧《わ》き起こってくるものだと、茂一は彼らを目の当たりにして思った。

そして、考えた。

「日本中がご破算になったんだ」

命という勘定を残している誰もが、将来を考えなくてはいけない。

「ボクはどうだ？　ボクは何をしている。ボクは何をしてきた？」

茂一は奇妙な感覚に囚《とら》われた。

死なずに済んだ喜びと将来への希望より、過去に対する後悔が茂一を襲っていた。

それは、大きな節目が出来たからだった。

戦前・戦後という明確な分かれ目が、四十という年齢の茂一を過去と未来に向き合わせたのだ。

いつの間にか友達の車屋が隣に来ていた。

「茂一っちゃん、これからどうすんの？」

「………………」

「本屋……また、やるんだろ？　それとも別に何かやるのかい？」

死を覚悟していた以前の茂一ならその問いに同じことを返した筈《はず》だ。

「なるようになれだよ」

だが、その言葉が出て来ない。

〝なるようになれ〟が通じない着実な将来、それを考えなくてはならないのだ。

過去は将来に通じる。三つ子の魂百まで。

そう考えると今までの人生が、過去が、茂一に重く伸《の》し掛かって来た。

焼け野原になる前の新宿という街で、面白おかしく過ごした四十年の歳月。

「坊ちゃん。若旦那《わかだんな》さん。社長さん」

そう呼ばれてきた人生。

贅沢三昧《ぜいたくざんまい》、勝手気まま。

自分の才能、努力、頑張りなどそこには微塵《みじん》もない。

何もかも恵まれていただけ、先祖の血と汗の結晶の蓄積のお陰……。

先祖代々、商売で日銭を稼ぎ、新宿に地所を持ってくれていたからだ。

子供の頃から小遣いに困らず、遣いたいだけ遣えたのも、店のカネを持ち出すのを親が黙認していたからだ。

「ボクは本屋になる」

十歳でそう言った時、母親はえらいえらいと頭を撫《な》でてくれた。

「その本屋をやってどうなった？」

集まって来る作家、画家、大学教授に混じって、いっぱしの文壇人を気取った。

「社長！　田辺《たなべ》社長！　先生、田辺先生」

おだてられ、乗せられ、文章を書いた。

作家連中に惜しげもなくカネを出してやり、惜しみなく奢《おご》ってやった。

雑誌をやってみたくて幾つも出した。

全部失敗、大赤字を抱えた。

先祖代々の地所を抵当に入れ、やっとの思いでその穴を埋めた。

「ボクはなにもかもが中途半端だった」

「そう？　茂一っちゃんは凄《すご》いじゃないか。あんな立派な本屋をやってたんだから」

「それも最後は儲《もう》かっちゃあいなかった」

「でも、あれだけの大店《おおだな》を持ってたんだ。それに読んだよ、俺、茂一っちゃんの書いたもの」

「分かったかい？」

「いやぁ、難しくって……茂一っちゃんがインテリだってことだけ分かった」

物書きをやったがダメ、本屋の経営もダメ、離婚で家庭もダメ……そして、持っていたもの全てが、文字通り灰になった。

戦前、茂一はダメダメ尽くしだったのだ。

そんな茂一が戦後、日本に一大文化を創《つく》る。

田辺茂一、四十歳。

昭和二十年八月十五日。

「駄目……だなぁ」

あっけらかんと晴れ渡った空の下、茂一は己の人生に呆《あき》れ、自失していた。

◇

「グハッ!!」

地雷の爆発音と同時に軍用トラックの運転席から松原《まつばら》は放《ほう》り出された。

身体《からだ》が砂塵《さじん》を巻き上げながら何度も転がる。

「ウーン……」

気がつくと硝煙の匂《にお》いが鼻を突いた。

今、敵襲を受けたらお終《しま》いだ。

松原は身体を起こすと必死でトラックから離れ野原に飛び込んだ。

幸い敵はいなかった。

ほっとしたら腹が冷たいことに気がついた。

「……！」

「やられた!!　地雷の破片か？」

腹に弾が当たると直《す》ぐ化膿《かのう》する。前線でのそれは死を意味した。

恐る恐る濡《ぬ》れたズボンの中に手を入れてみた。

「………」

血ではなく、水だった。

転倒で水筒がつぶれただけだったのだ。

「助かったぁ……」

安心した松原はそのままごろりと大の字になり空を見上げた。

草いきれが心地よく感じられ、嘘《うそ》のような青空が静かに広がっている。

昭和二十年七月、陸軍少尉・松原治《おさむ》は北京《ペキン》から前線の洛陽《らくよう》に向かう途中だった。

「俺は運が強い」

今度という今度はそう思った。

軍の中でも圧倒的に危険度の高い任務についているのに不思議と死線を逃れる。

糧秣《りょうまつ》課長という肩書を持つ任務だ。

軍の作戦に必要な食糧を見積り、集め、どう輸送するかを計画する。

そのため、今どこでどんな作物が作られているか、生産状況はどうか、全てを正確に把握しておかなくてはならない。

情報収集のために交戦中の大陸を速やかに移動するのが任務なのだ。

松原は抜けるような青空を見ながら呟いた。

「この空の塵《ちり》となっていたかもしれなかったんだ……」


それは先月のことだ。

北京から南京《ナンキン》まで輸送機での空の移動を余儀なくされた。

既に米軍によって制空権を奪われている。

だが鉄道は絶え間のない攻撃で寸断され、空以外に移動の手段がなかった。

護衛機はなく敵機に発見されたら、そこで終わりだ。

離陸後、順調に飛行が続いた。

しかし、南京まであと三十分足らずとなったところで見つかった。

「敵機ッ!!」

操縦席から叫び声があがった次の瞬間、パッパッパッと乾いた連続音を弾《はじ》かせて機銃掃射が襲ってきた。

機内を弾が貫通していく。

「終わりだな……」

だが、そう思うと不思議と余裕が出た。

松原は窓から外を見た。

敵機は偵察機なのか一機だけのようだ。

旋回してまたこちらに向かって来る。

松原は敵機の操縦席を凝視した。

「どんな奴に殺されるのか見てやろう」

妙な腹の据わり具合に自分でも驚いた。

どんどん敵機は近づいて来る。

「南無……」

松原は観念した。

「?」

近づいて来る米軍機のパイロットが焦った様子なのが分かった。

そして、一発も撃たずに通り過ぎてまた旋回してくる。

もう一度迫ってきたが、また一発も撃たずに通り過ぎる。

「弾切れか……機銃の故障だ!!」

松原はそう判断した。

そのまま米軍機は去って行った。

「助かったぁ!!」

松原はずっと野原に寝転がったまま空を眺めていた。

「一月のうちに二度も九死に一生を得た。俺は運が強い。きっと、生きて帰れる」

その時、松原は自分がここまで生きた人生の重みを感じたのだった。

「俺の人生、俺の運命……」

そう呟くと、ある光景を思い出した。

黒い山のようなものが……もがいている。

「あいつが、俺を生かしてくれたんだ」

何故《なぜ》だかそう思っていた。

子供の頃の記憶、七歳の時のことだ。

「あれに遭ったのは……漢江《かんこう》だ」

韓国、京城《けいじょう》に暮らしていた時。

秋に洪水が襲い、置き土産があった。

「松原くーん！　凄いものが河にいるよ！」

「何っ？　いったいなんなの？」

小学校の同級生に誘われてそれを見に行った。

「うわぁ、大きいっ‼」

思わず声をあげた。

鯨《くじら》だった。

鯨が漢江に迷い込んだのだ。

大きな山のような鯨が河の浅瀬に乗り上げ、苦しそうにもがいている。

獣の生臭い匂いが立ち込めていた。

「あぁ……」

目の前の山のような生き物と嗅《か》いだことのない匂いに松原は気が遠くなり現実感を失っていく。

そこから……夢なのか現実だったのか、定かでない。記憶に霧がかかっている。

「ねぇ、助けてやろうよ」

松原はそう言った。

「………」

同級生たちは何も言わず、ただその巨大な姿を眺めている。

松原はどこからか長く太いロープを見つけて来た。

それが鯨の胴体に巻きつけられ、向こう岸から大勢の人に引っ張られた。

「エーイ！　エーイ！」

掛け声が確かに耳に残っている。

そして、山のようだった鯨が河の中へ戻っていった。

「あぁ……」

悠然と海を目指して河を下っていく。

「あれは……現実だったのか？」

それは分からない。

だが、松原には鯨を助けたという自負がその後もずっと残っているのだ。

「あの鯨が俺を守ってくれている。俺の強運はあの鯨の恩返しだ！」

松原は起き上がった。

まだ日は高い。

トラックの車輪を交換すると再びハンドルを握った。

大陸の果てまで続く長い道を、真っ直ぐ前を見て、松原はアクセルを踏み続けた。


翌、八月。

相変わらず各地を飛び回っていた松原は北部の前線から天津《てんしん》の本隊に戻った。

「畏《おそ》れ多くも!!　天皇陛下より十五日、ラジオ放送を賜わるそうであります！」

汗を拭《ぬぐ》っている松原に部下がそう告げた。

「陛下の？　ラジオ？」

松原には意味が良く分からなかった。

そして、当日となった。

ラジオの前に何百人もが直立不動で並んだ。

「……朕《ちん》……ここに……」

雑音が酷《ひど》くて何も分からないまま、放送は終了した。

部隊長はラジオに一礼すると、皆に向かって言った。

「陸下は一層奮闘努力し最後の一兵まで戦えとの仰せだ。総員、肝に銘じよ！」

その一時間後、方面軍からの電話連絡に全員が驚愕《きょうがく》する。

「に、日本は連合国に対し、む、無条件降伏したとのことであります!!」

松原は呆然《ぼうぜん》となった。

いや、部隊全員の頭の中が真っ白になった。

ありえない筈の降伏だった。

だが、職業軍人ではない松原は直ぐに冷静になった。

「これで、日本に帰れる」

松原は将来があることを思うとカッと熱い思いが湧いて来た。

「生きられる」

昭和二十年八月十五日。

松原治、二十八歳。

この男がその後、田辺茂一と共に日本に一大文化を創造するのだが……そこまでにはまだ道のりがある。

◇

「だんなさん……まだするのぉ」

女が下からうんざりしたような声を出す。

茂一は無視して腰を動かし続けた。

「もぉ……」

何もやる気が起きない。

ただ性欲だけが異常に昂《こう》じて来る。

一日に三人を相手にするのはざらで、多い日には五人ということもある。

「考えたくない」

先のことなど考えたくないのだ。

戦争が終わって何もかもが動き始めたのが茂一の気に障る。

「なにが前を向いて皆で明るくだ」

そんなことが面白くない。

それなら自分は、暗くじめじめした淫靡《いんび》な匂いの中にずっと浸っていたいと思う。

女を抱きたいというよりもそんな世界の中に閉じこもっていたいと思うのだ。

だが、そんな世界も居続けていると、ふと寂しくなる。

途轍《とてつ》もなく深い寂しさが来る。

茂一にとっての真の寂しさだった。

そんな時だ。

「母ちゃん……」

心の中で茂一はそう呟いていた。


明治三十八（一九〇五）年二月十二日、茂一は新宿に生まれた。

市電の終点、新宿駅の前にある薪炭《しんたん》問屋、紀伊國屋の長男、恵まれた境遇だった。

薪炭が家庭燃料として生活を支える時代、新宿駅周辺には数十軒、大小の薪炭商が集まっていた。

中でも紀伊國屋は棟を連ねる大店で、主は代々、大地所持ちとして新宿の有力者に遇されて来た。

その頃新宿で薪炭商の他に土地を持って店を構えていたのは女郎屋、遊郭だけだった。

新宿二丁目、三丁目の表通りには妓楼《ぎろう》が連なって殷賑《いんしん》を誇っていた。

「号外、号外!!　２０３高地陥落ーッ!!」

日露戦争が終局を迎えつつあり、戦況を知らせる号外が毎日のように飛び交う中、茂一は紀伊國屋の跡取りとして生を受けた。

「この子はきっと大物になるよ。紀伊國屋の将来は万々歳だよ」

紀伊國屋、初代は屋号の通り紀州徳川家《とくがわ》に仕えた足軽で、江戸に出てきて住みついた。五代目になって牛込《うしごめ》で乾物商を営み、六代目の茂一の祖父が新宿に出て材木問屋を始めた。父、鉄太郎《てつたろう》は商家の常として尋常小学校の途中で奉公に出され小僧として働いた。それが神田の薪炭商だった縁で父の代で商売替えをしたのだ。

母、イトは栃木・黒磯《くろいそ》の県会議員の娘で神田の共立女子学校を出た才媛《さいえん》だった。良妻賢母、どこまでも優しい母だった。

「母ちゃん……」

茂一は女郎屋の染みだらけの天井を見ながらそう呟いた。

「何か言いました？」

腹ばいで煙草《タバコ》を吸っていた女が訊《たず》ねた。

「……ロシアパンと言ったのさ」

茂一はそう言い繕った。母を思い出して口にしたとは恥ずかしくて言えない。

咄嗟《とっさ》に出た言葉がロシアパンだった。

「ロシアパン？　なんです、それ？」

「まだボクが赤ん坊の頃……母親の背中で温かいネンネコ半纏にくるまれていた頃のことだよ」

女は驚いた。

「だんなさん、そんなちっちゃい時のことを覚えてるんですか？」

本当に覚えていた。

「ロシアパン！　ロシアパン！」

そう叫びながら新宿の街で紅毛碧眼《へきがん》の大男がパンを売り歩いていたのだ。

「へぇ、じゃあ、今に進駐軍がアメリカパンってのを売るかしら？」

「さぁなぁ……」

茂一は生返事をしてから、また子供の頃のことを思い出していた。

虚弱ですぐ風邪をひき、扁桃腺《へんとうせん》をはらす。

すると、二人曳《び》きの人力車で母の膝《ひざ》に乗せられ、四谷塩町の小児科へ連れていかれるのだ。

「あぁ……」

火照った気だるい身体が母に抱かれているとなんとも快い。そして、お医者の中の不思議な灯《あか》りや消毒液の匂いが幼児の茂一を陶然とさせた。

茂一はずっと大切にされ、可愛《かわい》がられた。

それで図に乗り、甘えん坊に育った。

「やりたいことだけやる」

「欲しいものは手に入れる」

三つ子の魂は出来上がった。

「強情な子だよ」

祖父が茂一を浅草に連れて帰って来て、母にそうこぼした。

「どうしたんですか？」

茂一は目を真っ赤に泣きはらし鼻はぐずぐず、顔が崩れてしまっている。

「いやね、仲見世の玩具屋《おもちゃや》でピストルを買ってくれと言ってきかないんだ。『あれは盗賊の持つものだ。刀だったら買ってやる』と言っても、泣いてどうにもきかない」

祖父も頑固でピストルは絶対に駄目だと買わずに、「帰るぞ！」と茂一の腕を引っ張って市電に乗った。

乗り換えなしの浅草から新宿までの車中、茂一はずっと泣き叫び続けたというのだ。

「まぁ……そうだったんですか」

祖父が疲れ切った背中を見せて奥に消えると母は茂一を叱《しか》りもせず小声で言った。

「こんど買ってあげるからね」

茂一は蕩《とろ》けるように嬉しかった。

母の思い出は何もかもどこまでも優しい。

「………」

茂一は女郎屋の布団から出た。

「吸います？」

女が腹ばいで吸っていた煙草を腕を伸ばして茂一に手渡そうとした。

（嫌だな）

茂一は反射的に思った。

何も言わず立ち上がり、衣紋《えもん》掛けの自分の上着のポケットから煙草を取り出して火を点《つ》けた。

「………」

気まずい空気の中を紫煙が流れた。

茂一は煙草を咥《くわ》えたまま、身支度をした。

財布から大目にカネを出すと女の枕元《まくらもと》に置いた。

「じゃあ、また」

女はそう言って出ていく茂一の背中に向かって、またいらしてと明るい調子で言った。

バラックの女郎屋の外に出るとまだ日が高い。

気だるい黄色い霞《かすみ》のかかった街を茂一は歩いた。

もう秋の風が吹くようになっていた。

「！」

気がつくと浄水場横の青梅街道まで来ていた。

茂一は苦笑いをした。

「小学校の登校路を歩いていたのか……」

淀橋《よどばし》の柏木《かしわぎ》にあった町立尋常小学校。

「茂一っちゃーん！　そんなとこでなにやってんのさぁ？」

「今から面白いもんが見られるんだよ。おいでよ」

そう言って小学生の茂一は同級生と並んで佇《たたず》む。

浄水場の門の扉が開いて大きな機関車が蒸気の霧の中から現れるのだ。

「わぁ！　凄いっ!!」

「そうだろぉ……凄いだろう」

茂一は得意だった。

浄水場の拡張工事のための引き込み線の線路が青梅街道を横断していたのだ。

「…………」

茂一は今はもう消えてしまったその機関車を白日夢として見ていた。

大きな鉄の車輪が力強く回るのが見える。

茂一は大きなものが好きだ。

大きいものは無条件に茂一を安心させた。

そして、茂一は子供の頃から自尊心が強かった。

尋常小学校時代、肩身が広かったことがプライドを作った。

「祖父《じい》ちゃん……」

茂一の祖父は新宿の有力者として淀橋町の助役を務めていた。

小学校で何か行事があると、全校生徒が中庭に集まるが、その中央の一段高い丸い場所に、校長以下の諸先生が腰を掛ける。

校長の隣には町長が座り、その隣に紋付き袴《はかま》の祖父の姿があったのだ。

「エヘヘ、あれはウチの祖父ちゃんなんだよ」

「エッ?!　そうなの！　茂一っちゃんとこのお祖父ちゃんは偉いんだね」

友達たちはどんどんそれを隣に伝える。

「あの人が茂一っちゃんとこの……」

波のように伝わっていくのを見て茂一はなんとも気分を良くした。

「うちは特別なんだ」

そんな茂一を先生たちも自然と大切に扱う。

居心地が悪いわけがない。

「子供の頃……嫌な思い出は正月だけだった」

茂一は歩きながら白日夢を見続けた。

商家である紀伊國屋の正月。

大晦日《おおみそか》の勘定とりが終わった元旦《がんたん》は、しんと眠ったようだった。

そして、二日は、うって変わっての初荷になる。

店の全ての戸が開け放たれ、出入りの馬方は真新しい半纏をはおり、馬も着飾る。

幟《のぼり》もでて皆は屠蘇《とそ》が入り、これ以上なく賑《にぎ》やかとなる。

が、茂一は憂鬱《ゆううつ》だ。

「はぁ……」

朝から延々と年始回りに出掛けなければならないのだ。

七五三で作って貰《もら》った紋付き、仙台平《せんだいひら》の袴姿に着飾って往来へでる。

手拭袋《てぬぐいぶくろ》を満杯にした竹行李《たけごうり》を風呂敷《ふろしき》に包み、それを首から下げた中僧《ちゅうぞう》を後ろに従え、まずは町内を軒並み挨拶《あいさつ》に歩く。

「あけましておめでとうございます！　きのくにやでございます！」

それから東京中の得意先を回るのだ。

新宿はもとより、大久保、中野、四谷、荻窪《おぎくぼ》、麹町《こうじまち》、神田、上野、浅草、洲崎、芝浦、青山、品川……。

七草がすんで学校が始まっても回りきっていない時は、次の日曜日も年始回りだ。

得意先は軒ごとに続いているから乗り物には乗れない。

「ねぇ、手拭いさぁ……一本ずつじゃなく、少し余計に置いていこうよぉ」

「…………」

茂一は早く終わらせたい一心で中僧にそう言うが聞き入れてもらえない。

凧《たこ》あげも双六《すごろく》もカルタ遊びもない難行苦行。それが商家の長男、茂一の正月なのだ。

茂一は白日夢から醒《さ》めた。

大久保の近くまで来ている。

あてどなく歩いていたのが、あの〝商人《あきんど》の正月〟を思い出させた。

「…………」

また急になにもかもが嫌になった。

ダメダメ尽くしを思い出した。

商売もダメ、家庭もダメ。

「おまえは商売人には向かないよ。本が好きなら、読んでるだけにすればいいじゃないか……」

優しい母の言葉を思い出した。

母のいう通りだった。

本屋という子供の頃からの夢は実現させたが、全て灰になった。

「紀伊國屋書店……」

罹災《りさい》後、書店の支配人をはじめ、どの使用人もまだ顔を出さない。

「何ひとつものにならなかった……」

茂一は決心した。もう夢は追わない。

「本屋はサヨナラする」

◇

「ろ、六十万人？」

「そうだ。間違いない」

松原治は部隊長からその数字を聞かされて頭の中が真っ白になった。

中国北部にいる軍人、軍属二十万、そして、在留邦人四十万を合わせた人数のことだ。

この数の人間を直ちに帰国させよとの命令が松原の部隊に下ったというのだ。

日本の無条件降伏を聞いた時よりも松原が受けた衝撃は大きかった。

「立案は任せる」

部隊長の言葉に松原は絶句した。

「どうする……どうすればいい？」

松原は考えた。

出来るのは自分以外にはいない。

この部隊で、いや、大陸にいる軍人の中で兵站《へいたん》……物資の調達から在庫管理、物流まで……を最も知悉《ちしつ》しているのは松原だったからだ。

「やるしかない」

松原は、腹を括《くく》った。


松原治は大正六（一九一七）年十月、千葉の市川で生まれた。

父、平治《へいじ》は陸軍士官学校を出た職業軍人で東京の砲兵連隊に勤務していた時、松原は生を受けた。兄が幼くして亡くなっていたので戸籍上は長男とされて育った。

職業軍人の父は転勤の連続で松原一家は引っ越しが年中行事だった。

父は仏語に堪能で、シベリア出兵の折、前線で孤立したフランス部隊の救出作戦に副官として従事し、フランス政府からレジオン・ドヌール勲章を授かったことが自慢だった。

大正十二年、父の赴任に伴い韓国、京城に一家は移った。

その時、洪水を経験し漢江で見たのが鯨だった。

それまで経験したことのない寒さの京城、松原の漢江を巡るもう一つの思い出は、スケートだった。

「河が凍る……世界というものは広いんだ」

七歳の松原はそう思ったのだった。

その後も一家は引っ越しの連続で、同じ小学校に二年続けて通うことはなかった。

昭和三（一九二八）年に父、平治が陸軍少佐で退役した。

そこから一家は大阪に腰を落ちつけることになった。

戦前の大阪は日本の商工業の中心地だ。

平治はそこで商売を始めたのだ。

軍人と思えないほどアイデアと商才に長《た》けた平治はあることを思いつく。

「これは確実な需要がある」

それは電柱につけられている保守のための番号札のことだった。

従来品は木の札に識別番号が記されたもので一年か二年で腐ってしまう。

「これをアルミにすれば十倍は長持ちする」

平治は抜け目なく、まずそれを実用新案登録した。

そして中国アルミという会社を設立、町工場に製造を委託してアルミ板を作らせ、それを電力会社に納入することに成功した。

軍隊という合理的世界で様々なモノの材質の長短を知り抜き、自由な発想でその応用を考えた平治ならではの商売のあり方だった。

そのおかげで松原一家は大阪で裕福な生活を送ることが出来たのだ。


「六十万人……六十万人……六十万」

念仏のように松原は口にしていた。

緊張で口の中が乾いている。

その時ふと、日本に電柱が一体何本あるのかと考えた。

途方もない数だ。

「父は日本中の電柱にアルミ板を貼《は》り付けたんだ。息子の俺に六十万が扱えない訳がない」

数は数、無限ではない。

そう思うと落ち着けた。

そして、のびやかに暮らした大阪時代を思い出した。


父のアルミ板事業は軌道に乗って順調だった。

夕食の席で父親が微笑《ほほえ》んで言った。

「この秋も連れて行ってくれるらしい」

「あら、嬉しいですわね」

「お父さん、また宝塚？」

「あぁ、そうだよ」

「やったぁ！」

下請け工場が、得意先である松原の一家を春と秋の二回、宝塚に招待してくれるのだ。温泉に入り、大劇場で少女歌劇を観《み》て、名物のライスカレーをたらふく食べる……それは、なんとも華やかで嬉しい時間だった。

こうして松原は何不自由なく育ち、中学は名門、大阪府立市岡中学に合格、勉学に励みながら草野球や水泳を楽しんだ。

中学でずっと優等の成績を続け、大阪の雄、浪速《なにわ》高校の文科に進んだ。

浪速高校は途轍もなく授業や試験が厳しく、語学では泣かされるほど絞られる。

ドイツ語が週に十時間あり、容赦なく落第させられるのだ。

だが、学生たちにとっての高校生活は厳しくも充実し楽しい思い出に満ちていた。

秋には高校の近くに松茸《まつたけ》が沢山生える。

農家から松茸を大量に安く分けて貰い、すき焼きを盛大にやる。

そこには教師が牛肉や酒を持参し、生徒たちも一緒に酔っぱらう。

「デカンショ♪　デカンショで♪　半年暮らす」

旧制高校の良さそのものの生活だった。

一クラス三十人、一学年四クラスで百二十人しかいない。

学年全員が友達になり文系理系もなく仲が良かった。

「あれは……本当に可笑しかった」

松原は高校時代のある事件を思い出して微笑んだ。

宝塚で週末、クラスの飲み会が催された時のことだ。

酔っぱらった学生の一人がフラフラと立ち上がった。

「よしッ!!　行ってくる」

そう言い残して出ていったきり、帰って来ない。

「なんだ？　どうした？」

そのままお開きになって、月曜日の朝、皆が登校して驚いた。

『浪速高校　文科甲類一年』の看板がなんと、『宝塚少女歌劇宿舎』の看板に替えられていたのだ。

それを見た学生の一人が言った。

「私たち花組で〜す。『清く正しく美しく』生きてま〜す」

学生たちは笑いが止まらない。

そして廊下に並んで皆でラインダンスを始めたのだ。

「♪……♪……」

はめを外す学生の行状に少々のことでは動じない教師たちも、さすがにこれには目を剝《む》き烈火のごとく怒り、学生たちはこっぴどく叱られた。

「人生であんなに笑ったことはない……そして、人間にとって態度が大事だと教えられたのも高校だった」

そんなおおらかな浪速高校にも軍靴の響きが聴こえるようになり、軍事教練が始まった。

師団司令部付の少将が査閲官として浪速高校にやって来た。

その少将は学生が登校する様子を見て声高に批判を始めた。

「この学校の教育はなっておらん！　学生の服装はまちまちだし……先生に対しても、朝、挨拶をする者もいればしない者もいる。一体どうなっているのか？」

それに対して毅然《きぜん》とした態度で反論したのが教頭の名須川良だった。

英文学の大家にもかかわらず象牙《ぞうげ》の塔を嫌い、五高や松山高校などで教鞭《きょうべん》をとった後、三顧の礼をもって浪速高校の教頭として迎えられた人物だ。

「あなた方は軍人だから星の数ひとつで敬礼するかもしれんが、本学の学生は自主を重んじている。尊敬する教師には頭を下げるだろうし、値しない教師に頭を下げない。それは当然のことです」

「何だと!!　貴様ぁ！」

少将は顔を真っ赤にして怒り、声を荒らげて名須川を罵倒《ばとう》した。

「生徒が生徒なら教師も教師だぁ!!　その腐った性根を叩《たた》き直してやる！」

「腐った性根……腐ったとはなんです？　ちゃんと判断する能力を備えた人間は賞賛に値するというものですよ」

名須川はどこまでも落ち着いた態度で理路整然と反論を重ねる。

「見事な喧嘩《けんか》だ……」

松原を始め、そのやり取りを見ていた学生たちは名須川の胆力に感激して震えた。

「これだ。学ばなければならないのは教頭のこの態度なんだ」

松原に大きな影響を与えた出来事だった。

その後、応召して図らずも軍人となった松原を常に〝まともな人間〟であらしめたのは、この時の名須川教頭のあり方だった。


軍人、松原治は改めて考えた。

「この状況でも落ち着いた心をしっかりと持とう」

そして冷静に決意を新たにした。

「六十万人……無事、日本へ帰す……帰してみせる」

第二章　それぞれの再起

天津の駐屯地の部隊では大騒ぎが続いた。

「引揚者の数が正確に把握できていない部隊がまだかなりあります」

「構わん。推測でいい。数字を纏《まと》めておけ」

「どこの誰からの帰還命令なのか、はっきりさせよという部隊長がおります」

「生きるか死ぬかの瀬戸際で一刻を争う。それを考えろと伝えろ」

降伏した日本軍の指揮命令系統が機能するのか、それが明確でない中、六十万人の日本人を帰国させる作業を松原は進めなければならない。

「いくぞ！」

松原は駐屯地の倉庫に蓄えてある食糧を部下と手分けして確認して回った。

「生きるため必要なものは全《すべ》て調べるんだ」

医薬品なども必要になる。病院もくまなく調査した。

「六十万人を帰国させるのに必要な米、小麦、砂糖、塩……」

松原は正確な在庫量を把握すると、不眠不休で計算を続けた。

「……最低限必要な一人一日当たりのカロリー、天津での延べ滞在時間と人数、天津から日本までの船の中での食糧、保存食に加工して持たせることが出来る量……」

そうして正確な数字をはじき出した。

「今ある在庫で半年！　半年で全員を日本に戻すことができれば……餓死する者は出さないですむ!!」

しかし、大陸での混乱は先が見えない。

日本の敗戦と同時に蔣介石《しょうかいせき》の国民党軍と毛沢東《もうたくとう》の共産党軍の戦闘が激しさを増していたからだ。

「一体どうなるのでしょうか？」

不安な表情で部下が訊《たず》ねて来る。

「分からん。だが、敵の敵は味方ということがある」

松原は状況を冷静に考えた。

「互いの戦闘、戦略が交錯する中に日本軍は置かれている」

「そうですね」

「国民党軍にすると、北部方面から日本軍が撤退すると簡単に共産党軍に取って代わられ、戦況は一気に不利になる」

「なるほど、馬鹿でも日本軍を上手《うま》く使わなくてはならないと考えますね」

松原は部下の言葉に頷《うなず》いた。

その後。

「予想通りの動きになってきたな」

蔣介石はあるスローガンを作って日本軍をしたたかに利用しに出てきたのだ。

『仇《あだ》を報いるに恩をもってす』

松原は笑った。

「これは殺し文句だ。さすがは蔣介石」

これによって国民党軍が到着するまで『警備』の名目で日本軍が対共産党軍の盾とされたのだ。

松原は部下と協議を重ねた。

「天津に沖縄戦を戦った米軍の第三海兵師団が進駐してくるのが十月半ばだ」

「それまで我々は武装を続けるということですね」

「そうだ。戦争の緊張状態に逆戻りだ」

部下の顔が曇った。

「そんな中を前線からは部隊と在留邦人が続々と引き揚げて来るんですね」

膨大な数の人間の帰国作業の準備を緊張状態で行わなくてはならない。

「状況を選ぶことは出来ん。とにかく我々は各々の持ち場で全力を尽くそう」

松原はそう力強く部下たちに言ったが、極度の疲労と緊張から眠れない日が続いた。

帰国を待つ日本人はどんどん増えていく。

共産党軍への警備も怠れない。

松原は自分の身体《からだ》に鞭《むち》を打った。

ようやく米軍が天津に進駐し、帰還に向けた松原の仕事が始まった。

「さぁ、本番だ」

米軍の上陸用舟艇《しゅうてい》で天津と日本の佐世保《させぼ》との間をピストン輸送するのだ。

この時、松原は接した米軍、米国人の態度に驚く。

「こんな連中だったのか!!　アメリカ人というのは。こんな寛容な態度を戦争に勝った相手に示せるのか?」

松原は部下に思わずそう呟《つぶや》いた。

「逆の立場だったら考えられませんね」

「本当だ……我々は幸運な相手に負けたことになるな」

米軍は日本人帰国のために船を出してくれるだけでなく、松原たちが確保した食糧や物資も『帰還業務に使え』と鷹揚《おうよう》なのだ。

「没収という最悪の事態もありえただけに、助かりましたね」

部下はホッとした表情でそう言った。

「あぁ、これで何万何十万の日本人の命が助かる。こんなありがたいことはない」

松原は米軍に深い感謝の念を持った。

「鬼畜として戦っていた相手がこれほど立派な連中だとはな」

松原は改めて世界を知ると同時に、勝者となった場合の態度を教えられる思いだった。

そして、今の状況を顧みて思った。

「この帰国作業に成功すれば今度は自分が勝者となれる。自分は大きくなって日本に帰れる」

松原にその思いが湧《わ》いていた。

「それが……俺の命を二度も助けてくれたあいつへの恩の倍返しだ」


「少尉！　松原少尉！」

ひっきりなしに声が掛る。

帰還業務には膨大な数の人間が従事しており、松原はその責任者なのだ。

松原は三百人の部下を使って差配を行う。

指示を出し、報告を受けてはまた指示を出す。

「少尉！　人手が足りません!!」

直《す》ぐに現場に飛んでいき、前線から戻って来た兵隊たちを説得し作業に従事させる。

「少尉！　どうしても数字が合いません」

帳簿をくまなく確かめる。

そんな松原は不眠不休だったが、精神や神経が高揚状態となる中で作業を続けていた。

一種の躁《そう》状態で疲れを感じず指示も的確になる。

人間の身体の持つ不思議だった。

「なんでこんなに頭が冴《さ》えているんだ？」

異常なほど神経が研ぎ澄まされ、無意識の裡《うち》に仕事を迅速にこなしていく。

すると、恐ろしいほどの楽天性と精神の余裕も生まれた。

松原は軍人、非軍人を問わず、帰還する人たちに食糧は公平に与えることを実践していった。

軍人たちからの理不尽な要求は全て撥《は》ねつけた。

「貴様、上官に向かってその態度は何だ！」

「日本は負けたんです。軍隊はもうない。上も下もない。皆が平等に生きる権利があるんです」

帰国する者それぞれに、日本到着までの十日分の食糧、塩、砂糖、缶詰、そして薬品を持たせた。

乳幼児のいる者には病院に備蓄してあった粉ミルクを配った。

「こんなに……頂いても宜《よろ》しいのでしょうか？」

「赤ちゃんを無事連れて帰って、日本の地でしっかりと育てて下さい」

「ありがとうございます！　ありがとうございます!!」

泣いて感謝する若い母親たちが大勢いた。

松原の仕事は続いた。

「米が……足りなくなるかもしれんぞ」

松原は在庫の数字を見て呟いた。

食糧で一番大事なのは米だ。

「よし！　買い出し隊の編成だ」

松原は収穫期に向け米を確保するための班を編成、黄河周辺の農家に買い出しに向かわせた。

「集められるだけ集めて来てくれ。あるだけのカネを使っていい」

そう言って送り出した。

祈る様な気持ちで待っていたが、幸い豊作に当たり、大量の米袋が運び込まれて来た時はホッとした。

だが戻って来た部下の一人が深刻な顔をして言った。

「満州は……大変な状況のようです」

ソ連軍による略奪や暴力行為が蔓延《まんえん》、在留邦人の帰国が困難を極めているという。

「負ける相手が違うと……こうも違うのか」

松原は米軍に感謝すると共に自分たちの幸運をありがたいと思った。

帰還作業は予想以上に円滑に整然と進んだ。

「よし！　さぁ、次だ」

蔣介石軍がいよいよ天津に入って来る。


「やはり、米軍とは違う……」

蔣介石軍、支那人を相手にして同じ人間がこうも違うのかと改めて思った。

兵隊たちの行動原理が根本的に違う。

表と裏、本音と建前……要所要所でことを進めるのに必要な賂《まいない》の存在。

原理原則を守り、軍という組織行動の統一の取れているアングロサクソンとは全く違う。

「支那人のあり方は軍人でも変わらない」

その連中を相手に日本が持っていた武器、土地、建物などの不動産、その他の財産を引き渡す業務を始めなくてはならない。

松原は腹を据えた。

松原は今は兵隊ではあるが、嘗《かつ》ては法律の何たるかを徹底的に学んだ人間だ。

「接収業務に関しては国際公法に照らしての原理原則を明確に主張する」

その方針を部下たちにも伝えた。

「いいか、〝戦時中の賠償対象〟という前提を厳密に守って業務を進めろ。相手と解釈の相違が出た時は直ぐに俺に訊ねろ」

そして、最後に言った。

「支那人相手で大事なことは最後は気合だということだ。気合で絶対に負けるな。国際公法が我々の砦《とりで》だ！」

こうして接収に対する作業は始まった。

蔣介石の国民党軍の接収担当は金《きん》大佐、楊《よう》少佐の二人だった。

「やっかいだな」

二人とも雲南《うんなん》の出身で北京語が通じない。

大陸の広さゆえのことだが誤解や間違いも生じやすい。

そして、問題が起こった。

「日本人の女を抱かせろ」

二人はそう要求して来たのだ。

松原は無理難題を言う相手に声を荒らげた。

「そんなことを要求する権利はあなた方にはない!!」

「日本は負けたのだ。全面降伏だ。負けた方が全ての命令に従うのは当然だ」

そこで松原は冷静になって言った。

「我々はあなた方ではなく米軍に負けたのだ。だから、米軍が遵守する国際公法に則《のっと》った形で接収作業を行う。国際公法に、女の提供義務などない」

これが大問題となった。

地元の新聞に見出しが躍った。

「日本軍の将校、『日本は負けていない』と暴言を吐く!!」

松原は弱ったが、ここは上官に助けられた。

部隊長がしかるべきところに賂として洋服の生地を贈って、とりなしてくれたのだった。

「郷にいては郷に従えなのか。だがやるべきことはきちんとやる」

こうして松原は交渉を進めていった。

先方は奇妙な言い回しをしてくる。

「食糧は鼠《ねずみ》が食べたり乾燥したりして減っているだろう。提出の在庫数字より二割少なく申告して出せ」

「…………」

つまり、二割は自分たちに横流しせよということだ。

松原は考えた。

「全面的に突っぱねるとまた問題が起きる。ある程度はこの連中への手数料と考えるか。郷に入れば、で……」

こうして、松原は幾ばくかを別に渡してやることにした。

「提出書類の数字は正しくしておきたい。後で日本軍の問題にされてはやっかいだ」

松原は自分が印鑑をつく書類の内容の正確さには万全を期すようにした。

こうして接収業務は大きな問題もなく進み、帰還は最終段階に入っていった。

「いよいよ、帰れる」

松原の帰国の日となった。

すると金大佐と楊少佐の二人がわざわざ見送りに来てくれた。

「あぁ、こんなこともあるのか……」

感激したが、全く違っていた。

「あなたを日本に帰すわけにはいかない」

松原はその言葉に愕然《がくぜん》とする。

「糧秣《りょうまつ》の正式な数量は確定したが、鼠が食べたり乾燥して減っていては困る」

その言葉に松原はピンと来た。

「なるほど……そういうことか」

この機会を逃せばいつ日本に戻れるか分からない。

松原はニッコリ笑って言った。

「鼠が食べて数量が減ったら、この判子を押してそちらで訂正して下さい」

そうして印鑑を手渡してやると、二人は満面の笑みとなった。

船上の人となって松原はホッと息をついた。

「長かったぁ……でも、生きて帰れる」

やるべきことはやった。

松原は海上を見た。

無意識の裡に鯨を探していた。

◇

茂一のやる気の出ない生活は相変わらずだった。

本屋はもうやらないと決めたはいいが、何をやりたいか、やるのか、全く頭に浮かんでこないのだ。

皮肉なことに、止《や》めると決心してから本屋のことがしきりと思い出される。

本屋をやると決心した子供時代からの記憶は……走馬灯のように茂一の頭の中を巡り続けた。

この世ではない場所……それが茂一にとっての書店の原点だ。

大正四（一九一五）年、御大典の日。

「茂一、日本橋へ連れてってやろう。お前の好きな芸者の踊りが見られるぞ」

数えで十歳の茂一は父親に連れられて初めて日本橋に来た。

芸者衆による手古舞《てこまい》の行列を見物に来たのだ。

子供の頃から女好き、粋《いき》好きの茂一は芸者の踊りを見たがった。

父親は馴染《なじ》みの芸者衆が行列に加わるとあって、これ幸いと茂一を伴って日本橋まで出かけて来たのだ。

「凄《すご》いところだなぁ……」

だが茂一は芸者衆よりも日本橋の街並みのほうが気になって仕方がない。

「立派な建物ばかり並んでる」

新宿とは違う瀟洒《しょうしゃ》な雰囲気に茂一はいっぺんに惹《ひ》かれたのだ。

そして、芸者たちの踊りは大勢の大人たちに囲まれて良く見えない。

親子で見える場所を探して日本橋の通りを歩き、三丁目に差し掛かった。

「ここは?!」

赤煉瓦《あかれんが》造りの立派な建物に茂一は釘付《くぎづ》けになる。

磨き上げられた大きな硝子《ガラス》窓の中の世界が煌《きら》めいて見える。

「ここへ入ろうよ」

「ここは大人の店だ。面白いものなんてないよ」

「いいから入ろうよ。二階の窓から踊りを見られるよ」

「そうか！　お前は機転が利くな」


茂一は父親とその建物に入った。

書店の丸善だった。

「！」

中に入ると空気が違う。

茂一がこれまで味わったことのない、上質の、ひんやりとした、凜《りん》とした空気が流れている。

「大人の世界……それも上等の大人の世界だ」

沢山の難しそうな本が書棚に並び、大人たちがそれを手に取り真剣に目を走らせている。

その光景が茂一に生まれて初めて〝憧《あこが》れ〟という感情を持たせた。

崇高な何か、書店というものが持つ特別な何かを感じたのだった。

茂一は立派な造りの階段を昇って二階に上がって驚いた。

「こんなところがこの世にあるのか……」

黒光りするどっしりとした書棚に、革張りの豪華な本の金文字がずらりと輝いている。

洋書の棚だった。

「あぁ……」

十歳の少年、茂一は蕩《とろ》けるような気分になった。

奥歯が疼《うず》き身体がじんじんする。

これまでどんな美味《おい》しいものを食べたり、珍しいものを見たりした時よりも、それはずっと良い心持だった。

最高の質の革とインクが醸し出す匂《にお》いと黄金の箔押《はくお》しの文字が発する贅沢《ぜいたく》な輝きに心を奪われていたのだ。

「ずっと……ここにいたい」

芸者衆の踊りを見ることはすっかり忘れてしまっていた。

「ずっといたい」

茂一は物心がついてから自分は特別だと思って来た。

薪炭《しんたん》問屋に生まれ育ちながら自分はどこかそぐわない……本当は違うところにいるべき存在だと思っていたのだ。

「ここが僕の場所なんだ」

日本一の書店、丸善の洋書の棚に囲まれて茂一は呟いた。


「変わった子だよ」

父親は日本橋から戻って母親にそう言った。

丸善から帰りたがらない茂一を引っ張って市電に乗ったことを話した。

「そうだったんですか……」

母は茂一に訊ねた。

「本が本当に好きなんだね？」

茂一は頷いて言った。

「ボクは本屋になる」

隣でその言葉を聞いた父親が驚いた。

「お前は本屋がどんな商売か知っているのかい？」

そんなことはどうでもよかった。

あの雰囲気の世界に自分がずっといる……それが茂一の生きる目標になったのだ。

黙っている茂一に父親は言った。

「お前はうちの商売を継がなきゃいけないんだ。幾らでも好きな本を買うのはいいが、商売は商売だよ」

そう言い置いて仕事場に向かった。

父親がいなくなってから母は茂一の頭を撫《な》でて言った。

「えらいよ、お前は。本屋になるなんていう子供はいないよ。お前はえらい子だよ」

茂一は震えるほど嬉《うれ》しかった。

自分を分かってくれるのは母だけだと思った。

その母が茂一が中学四年、十七の年に亡くなった。

母なしの世の中など考えられない。

茂一の喪失感は途轍《とてつ》もないものだった。

「母ちゃん……母ちゃん」

葬式が終わり四十九日が過ぎても……一人になると知らぬ間に呟いていた。

母の死は茂一を変えた。

この世の何もかもに意味がなく思える感覚に囚《とら》われるようになった。

学校で威張るしか能のない教師に公然と楯突《たてつ》いた。

同級生たちはそんな茂一の激しい態度に驚いた。

「田辺君、一体どうしたんだ？」

「いいんだよ。やりたいようにやっただけだよ」

「なんだか君らしくないじゃないか？」

「そうかい？　明るいおふざけだけがボクじゃないよ」

茂一は心の中で思っていた。

「なるようになれだ」

そんな風にいきがったかと思うと、感傷的になって孤独に浸る。

そして、文学書を読み耽《ふけ》った。

徳冨蘆花《とくとみろか》、倉田百三《くらたひゃくぞう》、トルストイ……。

母を喪《うしな》ってからの読書で茂一は文学がすっと体に入って来るのを感じた。

「本はいいもんだな」

本当の読書が楽しめるようになったのだ。

本が一層好きになった。

しかしそれで勉強の時間は削られていく。

自分を特別な存在と思って来た茂一は、学校では優等生を気取りたくてそれなりに勉強をしてきていた。

それが受験を控えた肝心の時期に小説ばかり読んでしまうようになったのだ。

東京商科大学（一橋）を受験するが、失敗。

「うちは商売屋なんだから、浪人はさせないよ」

父親はそう茂一に告げた。

「あぁ、その代わり好きなところへ行かせて貰《もら》うよ」

父親の言葉を幸いと慶應義塾《けいおうぎじゆく》が新しく三田に作った専門部を受験、するりと入学する。

大正十一（一九二二）年の春だった。

ペンの徽章《きしよう》に一高並の朴歯《ほおば》の下駄をはいて、茂一は颯爽《さつそう》と慶應の門をくぐった。

しかし、茂一は学生たちを見て大いに落胆する。

「なんだよ……かっぺだらけじゃないか」

垢《あか》ぬけた同級生ばかりと思いきや、田舎出が多く野暮ったらしいことおびただしい。

「そやそや！　その通りや！」

大きな声の贅六《ぜいろく》までいて茂一はぞっとした。

これで勉強心を一気に失ってしまう。

すると大学生になったら叶《かな》えようと強く思っていた別のことがむくむく頭をもたげた。

母の喪失を埋める存在を無意識に求める茂一の願望だった。

「恋をする。恋人をつくる」

茂一の旺盛《おうせい》な女人生が始まった。

◇

松原治は天津から佐世保に向かう船の中で浪速高校の同級生と偶然再会し、互いに感慨深く思い出話に花を咲かせた。

「長かったよ」

「そうか、君はそんなに長かったのか」

松原が職業人となってから過ごした大陸生活のことだ。

「君は大学は確か……東京帝大だったね？」

松原は頷いた。

小学校から中学そして高校と大阪で過ごした松原は、大学では大阪を出てみたいと東京帝国大学法学部を受験し合格する。

昭和十三（一九三八）年三月のことだ。

「授業に出てるだけじゃあ勿体《もったい》ないと思って二年の時に入ったのが緑会《みどりかい》だった」

「緑会？」

法科学生の親睦会である緑会の委員に松原はなった。

「どんなことをやるんだい？」

そう訊ねられて松原は遠くを見るように思い出しながら言った。

「著名人を招いての講演会、教授との旅行会、小石川植物園での大会、その主催をするんだ」

「へぇ、盛り沢山だね」

松原は頷いた。

「それだけじゃない。大学への提案活動で法学部でのゼミ設置を実現させたりもした」

「東京帝大だから惚《ほ》れ惚《ぼ》れするほど優秀な学生が沢山いただろう？」

「あぁ、特に緑会には多かった」

松原は口には出さずに俊英たちの顔と名前を思い出していた。

「鳩山《はとやま》、曽山《そやま》、中嶋《なかじま》……」

後に大蔵省の次官となり政治家に転身、外務大臣を務めた鳩山威一郎《いいちろう》。

郵政次官となる曽山克巳《かつみ》。

駐米公使を務める中嶋晴雄《はるお》。

「あの切れ者……中曽根《なかそね》は生きているのかな」

緑会には入っていなかったが同級にいた中曽根康弘《やすひろ》のことだ。

同級生は訊ねた。

「東京帝大の講義はやはり素晴らしかったんだろうね？」

「あぁ、綺羅《きら》星のごとしとは……あの教授陣にあるような言葉だね。講義は刺激に満ちていた」

「誰がいたんだい？」

「天皇機関説支持者だった憲法の宮沢俊義《みやざわとしよし》先生、民法の我妻栄《わがつまさかえ》先生、商法の田中耕太郎《たなかこうたろう》先生……」

「それは聞くだけで凄いね！　その中でも君がこれは！　と思ったのはどの教授だったんだい？」

「やはり、矢内原《やないはら》先生だな」

後に東大総長となる矢内原忠雄《ただお》が植民政策の教鞭《きょうべん》をとっていた。

「日本の植民政策は世界に冠たる誇り得るべきものがある。特に台湾統治は模範的である」

松原はその言葉に強い影響を受ける。

「日本の外に出てみたい」

そう思ったのだ。

同級生は言った。

「僕は高校時代、君は学者になるものだと思っていたよ」

「あぁ、僕もずっとそのつもりだったんだが……」

松原にとって大学生活は充実し楽しいものだったが在学中、大きな転機が訪れた。

父、平治の死だった。

昭和十五（一九四〇）年一月二十八日、大陸、南寧での戦死だった。

「戦死？　確か君のお父上は経営者じゃなかったのかい？」

「父は職業軍人で予備役だったんだ。昭和十二年に召集され戦線に赴任していたんだ」

同級生は納得して訊ねた。

「おいくつだったんだい？」

「五十一だった。軍人を父に持っていたからその死は常々覚悟していたが……堪えたよ」

同級生は静かに頷いた。

松原は続けた。

「それまでは何不自由なく充実した勉学生活を送っていたから学者になろうと思っていた。だけど、父の死で経済的な余裕がなくなった」

「そう……」

同級生は気の毒そうに言った。

「そんな時、『うちにこないか？』と声を掛けて来た先輩がいたんだ」

それは松原の七年先輩にあたる野間省一《のましょういち》だった。

そのころの姓は高木《たかぎ》。講談社の創業一族である野間家の婿養子に入り後に社長となるが当時、南満州鉄道（満鉄）に勤務していた。

「それで満鉄に？」

「あぁ、何故《なぜ》か気に入られてね。ご馳走《ちそう》になったり、虎ノ門にある満鉄の東京支社に何度も足を運ぶようになった。何人かの同級生と共に一週間ほど大連の本社にも招待されたりしたんだ」

「さすがは満鉄だな。豪勢だ！」

それは満鉄による優秀な学生の青田買いだったのだ。

「そうこうしているうちに僕は満鉄の中の〝ある仕事〟に興味を持つようになった」

『満鉄・調査部』

多くの優秀な頭脳を集める組織で途轍もない懐の深さを持っていることで有名だった。

「確か……ゾルゲ事件に連座した尾崎秀実《おざきほつみ》がいたかと思うと、逆に大川周明《おおかわしゅうめい》など国家主義者らも抱えていた組織だね」

松原は頷いた。

「幅広く調査し深く分析する旺盛な組織……自由に勉強をさせてくれる調査部の環境と満鉄の待遇の良さは大きな魅力だった。それで満鉄への入社を考えたんだ」

入社試験は昭和十五年の春に行われた。

松原は面接だけで入社が許された。

「同期は何人ぐらい、いたんだい？」

「東大からは全部で二十名、同期は高等商業、高等工業などを含めて三百六十人いた」

「さすがに多いね。そこから直ぐに大陸へ？」

松原は頷いた。

「入社してすぐに本社のある大連で総合的な研修があった。その後、チチハル、ハルビンなどを見学で回ったんだ」

「なるほど。大陸をしっかりと見せるんだな」

「あぁ、大陸の大きさに圧倒されたね。それとそこでの満鉄という存在に感銘を受けた。日本が、日本人がここまでやっているのか……とね」

同級生は深く頷いた。

「僕も大陸にいたからその気持ちは良く分かる。満鉄には日本人として誇りを感じたもの」

その言葉に松原は大学の時の矢内原教授の植民政策の言葉を思い出していた。

「その後は？」

「チチハルの駅で二ヶ月間の鉄道実習があった。駅長の見習いのようなもので……切符の発売や切符切り、列車が通過する際に旗を振る安全通行の実習など一通り経験するんだ」

「へぇ、幹部候補生にもそういうことをさせたんだね」

「その辺りが満鉄の満鉄らしさだった」

同級生は面白そうに頷いた。

そこで松原はあることを思い出した。

「チチハルの先にはソ連との国境の町、マンチューリがあった。ソ連とは不可侵条約を結んでいたから行き来が出来る。そのレールが欧州に通じているのか……と思うと胸が熱くなったんだ」

「分かるよ……君は学者になって欧州に留学することを考えていたんだろ」

松原は少し悲しげな表情になった。

「父が大陸で戦死し、それは叶えられなくなった。だが、自分は今、大陸で仕事をしている。父に呼び寄せられたのかと思って、その場所で運命を感じたんだ」

「大陸に渡った者は皆、何らかの形で運命を感じる。あの広さは運命という大きな観念を思い起こさせるものなんだろうね」

その同級生の言葉に松原は頷きながら、その時の印象的な光景を思い出した。

ある日、国境を越えてソ連側の駅を訪ねた時のことだ。

「まるで大将のようだな」

松原は駅長の立派な身なりに驚いた。

だが翌日、もっと驚く。

何とその駅長がみすぼらしい駅務員の服装で駅舎の掃除をしているのだ。

別の人間に訊ねると駅長は昨夜大酒を飲んで暴れ回り、降格されたのだという。

松原は驚くと同時に感じ入った。

「ソ連という国は信賞必罰がハッキリしている。それまでの階級や名誉など何の抗弁にもならないのだと分かったんだ」

松原の言葉に同級生は深く頷いた。

「ロシア帝国が革命で倒されてできた社会主義国というものの象徴のようだね。でも……」

ソ連人と付き合ったことがあるという同級生はしみじみと言った。

「ひとりも良い奴はいなかったな。ソ連人には……」

それを聞いて松原は改めて自分たちが相手にしたのが米軍であることの幸運を思った。

「ところで、君は細君はいるのかい？」

同級生が話題を変えるように訊ねた。

松原は頷いた。

「満鉄に入社して二年目の昭和十七（一九四二）年一月に召集令状が来た。大東亜戦争突入から一ヶ月、ようやく研修を終えて調査部で腕がふるえると思った矢先だった。その時にまず思ったのが、死ぬことよりも『俺の結婚生活もここまでか……』だったね」

同級生は笑った。

「そうか……新婚さんだったんだ」

松原も笑顔になった。

「女房とは召集令状の三ヶ月前に東京で挙式をして、実習を受けていた奉天《ほうてん》の社宅で新婚生活を送っていたのだ」

「なるほど。新婚ほやほやだったんだね。奥さんは？」

「丈子《ともこ》という。日本女子大の英文科を出て、栃木・黒磯の高等女学校で英語を教えていた」

「才媛《さいえん》だね」

松原は思い出した。

「赤紙が来たよ」

松原がそういうと丈子は落ち着いてご苦労様ですと言った。

しかし、その後で泣いている姿を見て松原は何ともいえない気持ちになった。

「未亡人にはさせたくない。その思いは強かった」

松原の言葉に同級生は何度も頷いた。

「軍隊でも大陸だったんだね？」

「あぁ。入隊したのは広島第五師団、二等兵として宇品港《うじな》から軍用船に乗せられて三日がかりで釜山《プサン》に着いた。そこから貨物列車で北京から西へ約三百キロの距離にある大同《だいどう》に一月二十日、到着した」

「それじゃあ、強烈な洗礼を受けただろ」

大陸を良く知る同級生はそう言った。

「あぁ、あの体験はしたものでないと分からない」

極寒だ。

「痛ッ!!」

気温は零下三十度、毛糸の帽子を被《かぶ》っていても頭が割れそうになる。

松原は輜重《しちょう》五連隊に自動車兵として入隊した。

軍用車を運転し、兵隊や兵糧を輸送するのが任務だ。

「銃を担いで行軍するよりは良かったじゃないか？」

「僕も最初はそう思ったが、楽ではないのがすぐ分かった。極寒での自動車の維持管理は大変なんだ。エンジンは一晩中かけっ放し、ラジエーターにグリセリンを混ぜた不凍液を入れ忘れると破裂する。それに、国産の新型トラックはしょっちゅうエンストを起こすから昼夜を通して世話をしなくちゃいけない」

「そうなのか……」

「その時、思ったよ。アメリカは大したものだと……」

「どうして？」

「接収したフォードの中古トラックは殆《ほとん》ど故障しないんだ。だけど……」

松原は沈んだ表情になって続けた。

「日本車はトラブルが多くて……前線で停《と》まると襲撃の恰好《かっこう》の餌食《えじき》となる。それで全滅した小隊もあった」

「………」

二人は暫《しばら》く黙った。

そして、松原が思い出したように口を開いた。

「二月の終わりに経理幹部候補生試験を受けて合格、一等兵に昇格した。その後、四月に内蒙古《うちもうこ》の騎兵第一旅団へ配属になったかと思ったら九月に新京《しんきょう》の経理学校に転属になった」

「随分と早いね」

理由があった。

太平洋戦争が始まって戦線が拡大、補給拡充の必要から、兵員や物資の輸送、補給を作戦指揮する要員の育成が急務となっていたのだ。

「本来なら東京・新宿牛込若松町に陸軍経理学校があるんだが、東京だけでは人材の需要を賄えない。そこで内地組三百人と僕らのような野戦軍から同数、計六百人が作戦要員として半年間、徹底的に教育されたんだ」

「皆、帝大か三商大、早慶の卒業生なんだろう？」

松原は頷いて続けた。

「昼は戦闘訓練や作戦時の補給の実地研究、夜は学科になる。学科では戦術のほかどのように現地で糧秣や物資を調達し自活するかなどを学ぶんだ」

「軍の中での即席の教育なんだね」

「あぁ。よくもまぁ、あの短い時間であれだけを叩《たた》き込まれたものだと思うよ」

松原は卒業すると部隊に復帰した。

少尉に昇格、立派な士官だ。

「そうして……糧秣課長となって前線から前線へ走り回った。改めて考えてもよく生き残ったものだ」

松原は二度の命拾いを思い出していた。

経理学校で机を並べた同期の半分近くは戦死している。

「長い大陸生活は満鉄時代が天国で軍隊時代は地獄……」

対照的な時間を思い出しながら甲板で海を見ていた松原たちの耳に、歓声が聞こえた。

「佐世保だ‼　日本だ！　日本に戻ったぁ‼」

松原の目にも本土の姿が見えた。

「これからの日本で自分がどうなるのか……まぁ、生きて帰れたことで今は良しとしておこう」

そう呟いた。

松原が日本に戻ってからの人生、それは全く想像もしていないものとなる。

◇

焼け跡の中で茂一の女漁《あさ》りは続いていた。

「戦時中は物資不足で皆、苦しんだが、ボクには花柳界から女が消えた〝女不足〟が一番堪えたんだ」

戦争への恨みは店が無くなったことより女を抱けなかったことの方が大きい。

「ボクの行軍の水は女だ。その水が切れていた苦しみは途轍もなかった。積年の喉《のど》の渇きを今はボクは癒《いや》しているんだ」

毎日、復興の鎚音《つちおと》が聞こえる街を彷徨《さまよ》いながらの度外れた自分の女遊びを茂一はそう正当化していた。

茂一は戦時中、女への渇望を誤魔化すために店で朝から晩まで自分の靴を磨いていた。

そして、女だけでなく本も供給不足だった。

「それでも本屋はやらなきゃ……」

店頭は品不足で棚も空いていた。

茂一は自分の書斎の蔵書の中から、毎日何十冊と取り出して店に並べた。

本屋の景色だけでも守りたいと思っていたからだ。

並べ終わると靴を磨いた。

「はぁ……」

磨きながらため息しか出て来ない。

すると神経衰弱に陥って発作を起こし、二ヶ月間、慶應病院に入院するはめになったのだ。

「心臓ですよ。間違いないですよ」

そう訴える茂一に医者は首を振る。

「どこも悪いところはないんですがね……」

だが発作はおさまらない。

治療に納得できない茂一は『大病院組織の欠陥』と題する抗議文を書いて内科部長に手渡して読ませた。

部長はそれに目を通すと一笑して言った。

「やっぱり病気ですね。但し、別の……」

「あんた、ボクを馬鹿にしてるのかァ！」

茂一は怒って駿河台《するがだい》の杏雲堂《きょううんどう》医院に移った。

「心臓じゃあ、ありませんよ」

「……じゃあ、なんなんですか？」

「神経です」

「はぁ……」

診察をした院長からそう言われて茂一は結局、納得するしかなかった。

そんな茂一を救ったのはやはり女性だった。

女性なしには生きられない茂一だが不思議なことにある信条を守っていた。

『素人には絶対に手を出さない』

だがその時ばかりは不文律を侵した。

紀伊國屋書店に古くからいるお気に入りの女店員に声を掛けたのだ。

「社長さん、どうなさったの？」

「一緒にさぁ……暫く付き合ってほしいんだよ」

「暫く一緒にって……まさか！」

「分かってくれよぉ。特別手当を弾むし、旨《うま》いものも食わせるからさぁ……」

「どういうことですの？」

「いや、どうもこうも……分かってくれよぉ」

こうしてその女店員を連れて箱根宮ノ下の富士屋ホテルに逗留《とうりゅう》したのだ。

女性との時間のおかげで茂一の渇きは癒され、『気』は晴れた。

その話を聞いた車屋の友達は笑った。

「アハハ、茂一っちゃんは簡単でいいや」

「笑いたきゃ笑いなよ。こっちは死ぬよりつらい苦しみだったんだ」

単純といえば単純な男だ。

そんな茂一が敗戦後、大量に供給されるようになった女性という〝水〟を浴びるように飲むのは当然だった。

そして、茂一をそそる大きな変化が〝水〟のほうに現れた。

「女が変わった！　それがボクをやる気にさせる!!」

戦前戦後という節目は女を変えた。

節目には『自由』という太い線がハッキリと画されていた。

戦前は『廓《くるわ》』『お女郎』という言葉から想像される……年季の永い、色つやのない、どこか病気のような女性が多かった。

檻《おり》の中の諦《あきら》めの感が女たちに強かった。

「島田清次郎《しまだせいじろう》の『地上』に出てくる大正の金沢女郎。その苦患《くげん》を思わせる雰囲気があった」

茂一は黴臭《かびくさ》い昔を思い出した。

「それが跡形もなくなった。敗戦で一気に変わった！」

戦後の娼婦《しょうふ》たちにはそれまでにはなかった明るい解放感が備わったのだ。

「アハハ、嫌だぁ、社長さんったら!!」

「茂一っちゃーん。ねぇ、サービスしてあげるからもっと弾んで下さらない？」

「いいわよぉ……社長さんのしたいことなら、何でもしちゃうわ。でも、その代わり……」

全てがさっぱりと生き生きしている。

声色、顔の色、化粧の仕方や媚《こ》びを売る姿態も違う。

ハイヒール、スカートの近代美女が出現し、素人と区別がつかない。

男との時間を、仕事としてサッパリと割り切り、負い目らしい気持ちは一切持っていない。

トップモードで着飾り、令嬢風に闊歩《かっぽ》する者までいる。

「女たちは凄い!! 短期間にこれほど変われるのか？ これこそが人間復興、ルネッサンスじゃないか！」

茂一はそんな娼婦たちを喜んで抱いた。

それは戦前とは全く違うものを茂一に与えた。

性欲の渇きをただ癒すだけではなく、活力、女たちのエネルギーが貰えるのだ。

女を抱いた後にやってくるのが……疲労や虚《むな》しさではなく、新しい息吹、溌溂《はつらつ》とした精気、それが自分に注入されるのを感じる。

「恋をしていた頃と同じだ」

一人の女性を想《おも》い、恋い焦がれる。

「想うこと、想うだけ……それだけで生きる活力が生まれた。エネルギーを得た。あの頃と同じだ！」

茂一は娼婦たちを通して戦後という時代に恋をしたのだ。

「この時代と寝てやる！」

だが本屋はもうやらないと決めた。

「時代と寝るには何をすればいい？」

茂一は考えた。

しかし、浮かんではこない。

浮かんでくるのは恋をした昔のことだ。

「我が初恋……」

それは慶應専門部に入学して直ぐのことだった。


「これから恋をする」

大学に入ってそう思って見つけた相手は、一流好みの茂一らしい女性、それも超一流だった。

茂一はある日、友人に連れられて神楽坂の牛込会館に新劇の舞台稽古《ぶたいげいこ》を見に行った。

レオニード・アンドレーエフの戯曲、『殴られるあいつ』だった。

舞台の袖《そで》で茂一は見ていた。

すると一人の若い女優が台本を抱えて茂一の目の前を通り過ぎ、横ざまに舞台に駆け上がった。

「！」

その瞬間、風が立った。

そして、茂一は駆け上がる女優のふくら脛《はぎ》を見た。

「あぁ……」

茂一は陶然となった。

同じ気持ちになったのは子供の頃、丸善の二階で洋書の棚を前にした時だ。

奥歯が疼《うず》き全身がじんじんする。

茂一は一瞬で恋に墜《お》ちた。

その女優の名は、水谷八重子《みずたにやえこ》といった。

年齢は茂一と同じ十八だが、すでに大女優として知られていた。

「あれが……水谷八重子」

そこから茂一は狂った。

八重子の舞台という舞台は全て追いかける。

「また芝居ィ～？」

一緒に行こうと付き合わされる同級生がうんざりとした表情で言う。

「いいじゃないか。素晴らしいものを見られるんだから……」

茂一は新宿園や渋谷の聚楽座《じゅらくざ》に入り浸り、野外劇の『サロメ』に感動した。

「ボクは超一流の女優に恋をしているんだ」

茂一の言葉に隣の同級生は馬鹿らしくなる。

「君は……底抜けに純粋なんだね」

「あぁ、純粋だ。だからこんな恋が出来るんだ。僕はいつか彼女のために劇場を作る。本屋をやるつもりだが、そこに劇場も作るんだ」

友人は呆《あき》れた。

「そう……まぁ、頑張ってくれよ」

舞台だけではなく八重子のブロマイドは全て買い集めた。

神田、三田、銀座にある店で買い集めたそれは、三百数十枚に及び全部積み上げると六十センチを超えた。

茂一はそれを自分の部屋で寝る前に全て広げる。

「あぁ……」

様々な八重子の姿を見入るこの時間が、舞台で八重子の姿を見詰める時と同様に最高の幸せを感じさせた。

「八重ちゃん……八重ちゃん」

その様子を盗み見た父親は心配になった。

「あいつ……大丈夫か？」

そして、茂一の留守に部屋に置いてあった日記を読んだ。

「……ボクは本屋を持っている。その本屋は大きく、舞台もある。そこには八重子さんが出ているのだ。嗚呼《ああ》、ボクはその彼女に大きな花束を捧《ささ》げる……親父が死んだら、それを実現しよう」

「何だこりゃあ!!」

戻って来た茂一はこっぴどく叱られた。

「お前は、俺が死ぬのを待っているのか!!」

そんなことがありながらも茂一の気持ちは燃え上がる一方だった。

毎夜、ブロマイドを眺めていたが、ある夜、茂一は決心する。

「よし！　八重ちゃんと結婚する!!」

翌日の午後。

茂一は、三田の制服ではなく和服にセルの袴《はかま》という衣装で牛込通寺町の八重子の家を訪ねた。

横町の角に隠れて八重子が出かけるのを待った。

「本人は留守の方がいい」

そして八重子が家を後にするのを確認してから、茂一は水谷家を訪れた。

出て来たのは八重子の姉という女性だった。

「どういう御用件で？」

茂一は正座をして姿勢を整えてから言った。

「八重子さんをお嫁さんに頂きたいのです」

呆れた顔が茂一の目の前にあった。

異様な行動だが茂一は異様と思っていない。

「せめて許嫁《いいなずけ》とすることを許して頂きたい」

そう強く言う茂一に女性は言った。

「八重子は今、芸術座のほうのお仕事がいっぱいで……」

　手柔らかく断られた。


「まぁ、当然といえば当然か……」

　若き日の初恋を思い出した四十男の茂一はそう呟いた。

「でも、あの時と同じ情熱、あれをボクは今感じる」

　潑剌とした戦後の娼婦たちを抱くことで茂一は気力を充実させていた。

　そんな時だった。

　茂一が店の焼け跡の整理をしていると戦地から帰還した元店員の男が現れた。

　茂一はポツリと言った。

「もう、本屋はやらないよ」

　すると男はなんとも悲しげな表情になった。

　そして、強い調子で茂一に言ったのだ。

「シベリアでも紀伊國屋の名前が兵隊の口から出るんですよ！」

　その言葉に茂一はうっと唸った。

「皆、言うんです。『日本に帰ったら紀伊國屋に行きたい。あの店で本を買って読みたい』そう言うんです！」

　そして男はさらに強く言葉をつないだ。

「今やめては惜しいですよ！　沢山の人が紀伊國屋を目指してやってくるんですから」

黙って聞いていた茂一は呟くように言った。

「そうかい……」

茂一は猛烈に感動していた。

感動など、いつ以来かと思った。

「この時代と寝る。そう決めたんだ」

そして考えた。

「どんな時代でも人は本を読む。よし！　じゃあ、最高の時代の本屋を作ってやる」

こうして茂一は紀伊國屋書店再興に立ちあがった。

第三章　再開！　紀伊國屋書店

紀伊國屋書店を復興する。

そう決めたのは良いが店を建てるのにどうすればいいか茂一は困った。

「今は材木が全く手に入らないっすよ」

馴染《なじ》みの大工に頼みにいくとそう言う。

建築用の資材がなくて仕事にならないというのだ。

茂一はそこを何とかと頼んだ。

「バラックでいいんだ。材木はどっかから盗んで来てよ」

「旦那《だんな》、馬鹿言っちゃいけねえ」

そんなやり取りをしてから茂一はまた娼婦《しょうふ》を買いに出掛けた。

「へぇ、君はずっと仙川に住んでるのかい？」

茂一は事を終えて煙草《タバコ》を吸いながら娼婦と話していた。

「そうなの。戦時中は立派な防空壕《ぼうくうごう》があったから安心だったわ」

「ふぅん……」

（仙川？）

茂一は思い出した。

「うちの土地が仙川にあったんだ！　軍部に徴用された三千坪の土地が！」

茂一は翌日、そこを見に行った。

娼婦が言った防空壕は自分の地所に作られていた。

「いける！　いけるぞ!!」

茂一は急いで運送屋を呼んだ。

「この防空壕、解体して運んで欲しいんだよ」

バラックを建てるには十分な材木が手に入った。

こうして間口二間（約3・6メートル）、奥行き三間（約5・4メートル）の掘っ立て小屋のような店舗が出来上がった。

「はぁ……」

みすぼらしいバラックの『紀伊國屋書店』を見ると悲しくなって、ため息が出た。

だが茂一は前を向いた。

「本屋を開業すると決めたんだ。あの時のように……」

本屋を持つ夢の実現……茂一の人生にとって途轍《とてつ》もなく大きな出来事だった。

それは大正十五（一九二六）年、慶應専門部を卒業した二十一歳の春だった。

「仕事はどうするんだい？」

卒業式の翌日、茂一の父親がそう訊《たず》ねた。

家業の薪炭《しんたん》業を継ぐものと思っている。

茂一にはこれまでずっと、好き勝手の贅沢三昧《ぜいたくざんまい》をさせて来ていた。

茂一は小遣いというものを貰《もら》ったことがない。店の帳場から好きなだけカネを持っていけるからだ。

「家業があるからそんな勝手が出来る。馬鹿でもそのぐらいは分かる」

父親は茂一が店を継ぐものと思っている。

だが、茂一の返事は違った。

「本屋をやるよ」

「!?」

父親は驚いて言った。

「お前は本屋の商売が――」

どんなものか分かっているのかと言いかけたところに茂一が言った。

「母ちゃんの遺言だからね」

そして、何ともいえない目をして父親を見据えた。

「………」

母が死んでから茂一と父親の関係は難しいものになっていた。

一周忌も迎えないうちに父親が馴染みの芸者を落籍して後妻にしたからだ。

十代の頃の純情な茂一はそんな父親を許せず、継母も気に入らない。

「嫌な女だ。なんでこんな女を親父《おやじ》は……」

父親ともまともに口をきかなくなった。

そんな茂一に負い目を感じている父親は強くは言えない。

ギクシャクした関係の中での〝後継ぎ話〟だったのだ。

「母ちゃんは最後にボクの手を握って言ったんだよ。きっと本屋になるんだよって……」

嘘《うそ》だった。

実際は全く逆の心配を死の床で母は茂一に吐露していた。

「あんたは商売人には向かないよ……本が好きなら、本屋などやらず、好きなだけ買って読めばいいじゃないか……」

だが茂一は本屋をやりたくて仕方がない。

数えで十歳の時、丸善で受けたあの甘美な衝撃が忘れられないのだ。

あの時、本屋になると決心し、ずっとそう思い込んで来た。

あの空間を自分が作るのかと思うとフウっとした快さで気が遠くなる。

母の遺言という言葉に黙ってしまった父親に、茂一はきっぱりと言った。

「やるからね。本屋」

茂一は動き出した。

「さてと……どうするかな」

本屋をやるといっても茂一の周囲に本屋はいない。

「あぁ、あの人に頼んでみるか」

近所の質屋の親戚筋が四谷見附《よつやみつけ》で書店をやっていた。聞くと銀座・近藤書店で年季奉公を終えて開業したという。

「ちょっと、お願いがあるんですが……」

「あぁ、それなら頼んであげますよ」

茂一はその人に口をきいて貰って近藤書店に入店した。

小僧としての奉公が決まった。

「住み込みではなく、新宿から通います」

「それで構わないよ。気張って働いてくれさえすりゃあ、それでいい」

老店主はそう言った。

茂一は初日の朝、銀座までやって来た。

「じゃあ、店に出てみなさい」

茂一は筒袖、角帯、前掛けという丁稚姿に着替えさせられて店頭に立った。

本屋好きの茂一はどの棚にどんな本があるか、本の配列は直《す》ぐに分かった。

客が来た。

茂一は訊ねられた本を直ぐに探し出してきた。

「あぁ、これだよ。これを貰う」

茂一は客に定価を告げてカネを受け取り、本を包み紙につつんで釣銭と一緒に渡して頭を下げた。

「ありがとうございました」

客とのやり取りはそれだけだ。

客が店を出ていくのを見届けて茂一は思った。

「な〜んだ」

これだけのことなら大袈裟《おおげさ》に奉公などしなくても分かっている。

「仕入れのことは分からないが、そんなのは何とかなる」

そう茂一が思った時だ。

「あれっ⁈　茂一っちゃん！」

声を掛けられた。

中学で一年上の先輩だ。

「そんな恰好《かっこう》して……こんなとこで、何やってんの？」

先輩は東京帝大の制服姿だった。

「あははっ……いや、まぁ……」

茂一はその場のお茶を濁すと店の奥に逃げるように引っ込んでいった。

そして、正午になった。

茂一は奥の帳場に座っている老主人の前に立った。

「いろいろ、お世話になりました」

主人はキョトンとなった。

「何がだい？」

「いえ、本当にありがとうございました。これで失礼します」

主人はポカンと口を開けたままだ。

半日、いや、数時間の奉公だった。

茂一が人に使われたのは一生の間でこの時だけだ。

「ボクはやっぱりオーナータイプの人間なんだ」

そう思っていた。

「さぁ、始めるか」

半日奉公が終わって、茂一は開店の準備に掛った。

新宿の薪炭問屋、紀伊國屋の店の大通りに面した左側の奥に井戸があり、その表側には薪《まき》が積んであった。

「この薪を取り払っちゃえば空き地になるな」

茂一は小僧たちに薪をどけさせた。

「うん。ちょうどいいんじゃないか」

間口は三間（約5・4メートル）、奥行きは六間（約10・8メートル）ある。

そこに木造二階建ての店舗を新築すると決めた。

建築費は六千円。帝大出の初任給が八十円の時代だ。

「カネはこれだけかかるけど、いいよね?」

「……勝手にしなよ。使うなといっても使うんだろう」

「まぁ、そうだけど。一応、言ったからね」

さっさと本屋の開業に向けてカネを遣ってしまう茂一を父親は黙認し、支払いをしてやった。

設計は茂一自身がやった。

売り場面積は十五坪、一階が書籍売り場と応接室。階段下に事務机がひとつと奥に洗面所、着替室がある。

そして、二階の十五坪をギャラリーとした。

「絵を飾る……贅沢な雰囲気が欲しい」

茂一は自分の夢を、やりたいことを、最初から実現したのだ。

当時、画廊、ギャラリーと名のつくものは丸善楼上と銀座資生堂しかなかった。

十歳の時に丸善で本屋をやりたいと思ったのと同じ性根だ。

「欲しいものは欲しい。欲しいものは手に入れる」

こうして『紀伊國屋書店』は開店した。

昭和二(一九二七)年一月二十二日のことだ。

店主の茂一以外に、番頭、女子店員が二人、小僧一人の計五名での出帆だった。

看板は芝の宇野沢ガラス店に頼んで作って貰った洒落《しゃれ》たモザイク風のものだ。

「こんな看板はどこにもないな」

茂一は見詰めてうっとりした。

本屋商売というものが本当にどのようなものかは茂一には分からない。

だが妙な自信があった。

「ボクは特別だ」

そう思い込んで子供の頃から生きて来た。

そして、十歳の時の夢を実現させたのだ。

「本屋、ボクの本屋、紀伊國屋書店」

そう呟《つぶや》くだけで震えるように嬉《うれ》しい。

その時、茂一はまだ二十一歳だった。

「あれから十九年……店を建て増してもっと立派にした……だけど、それも燃えてなくなった」

茂一、四十歳。

焼け跡にようやく建ったバラックの店舗、板に墨書の『紀伊國屋書店』の文字がなんとも貧しく映る。

「はぁ……」

もう一度、茂一はため息をついた。

だが、力強く言った。

「これからもやりたいことをやる。欲しいものは欲しい、でいく」

またあの妙な自信は戻っている。

◇

昭和二十一（一九四六）年四月二十三日、松原治は天津から船で佐世保に着いた。

復員列車で津和野に向かった。

妻の丈子と戦争中に生まれた長女が疎開している。

「戻ったよ」

妻の歓《よろこ》びの泣顔と初めて見る子供の寝顔を見て、生きて帰れた喜びを松原は実感した。

そして、これから家族で生きる手立てを考えなくてはいけないことも強く感じた。

「仕事を見つけてくる」

津和野で十日ほど過ごしてから松原は単身、東京へ職探しに出た。

荻窪にアパートを借り、大学の先輩をあたった。

するとある人物から意外な仕事を紹介される。

「塩……ですか？」

「うん。ここから必要だし、伸びるよ」

先輩のひとりで、戦時金融公庫にいた亀井茲建《かめいこれたけ》からその話は出た。

敗戦後、食糧はもちろんのこと塩の不足が日本社会の大きな問題だった。

「瀬戸内海の天日製塩だけではとても間に合わないんだ」

亀井は説明していった。

「今の日本で唯一余っているものが電力だ。その電力を利用して工業製法で塩を作る。海水を真空状態にすると少し熱を加えるだけで水が蒸発する特性を利用するものなんだ」

塩は大蔵省の管轄で、大蔵省と戦時金融公庫にいた人たちで日本塩業という会社を作ったというのだ。

「どうだい？　まだ生まれたての小さい会社だが、そこへ君を取締役として推薦するが……」

軍隊で糧秣《りょうまつ》課長の経験を持つ松原は、その事業の必要性と将来性を直ぐに理解した。

「よろしくお願いします」

すんなり頭を下げていた。


日本塩業の本社は銀座にあった。

本社の社員数は二十人、松原の肩書は取締役営業部長だった。

工場は富山県高岡市にあった。

「まずは工場で製造法を見て原価をしっかり頭に叩《たた》き込まないと駄目だな」

そして、社長のところへ話に行った。

「営業をするには、扱う品物の真の価格構成を熟知しておきたいのですが……」

銀行出身の社長は頷《うなず》いた。

「うん、君の言う通りだね」

「では、工場で暫《しばら》く原価計算をやらせて下さい」

こうして松原は富山へ向かった。

日本高周波重工業の一部を借りた工場では、三菱重工が製造した真空式製塩装置を動かしていた。

大きな筒の中に海水を注入し、筒の上部から空気を抜いて真空状態にする。

そこに熱を加えると水が蒸発して塩が出来上がる。

「工場の工員の数は交代制で五、六十人……まずそれが……」

固定費としての人件費、設備装置の減価償却費、電力料金などの変動費、銀行からの借り入れの金利……。

松原は徹底的に数字を詰めて原価を頭に入れた。

そして、営業活動に入った。

当時、塩田で製造された塩は専売の対象だった。

しかし、対象外となる自由処分枠というものがあり、真空式製塩装置で作られた塩は全てその枠で扱うことが出来るのだ。

「制度というものはおかしなものだな。同じ塩なのに作り方で全く別物として扱われる」

松原は制度の持つ非合理性に首を傾《かし》げながらも思った。

「まぁ、そのお陰でこっちは飯が食える。しっかり売らせて貰うぞ」

松原は本格的に営業活動を開始した。

まず食糧年鑑などから塩の消費実態を徹底的に調べた。

「なるほど……意外なものに塩は沢山使われているんだな」

それは漬物だった。

そして特に漬物に使うための塩の需要が多いのが東北地方だと分かった。

松原は大きな日本地図を買って広げた。

「東北の中でも秋田が漬物の製造が一番盛んなのか……」

松原は秋田で重点的に営業を行う方針を立てた。

「どんな戦略も同じだ。土地の有力者に顔を繋《つな》いでもらっての信用作りからだ」

それは大陸で糧秣を調達した時に得た松原の知恵だ。

やみくもな飛び込みには意味がない。

「まずは政治家だな」

その時に松原は東京帝国大学の出身であることを有難く思った。

永田町の政治家で秋田地盤の衆議院議員と会うことが出来た。

「塩ねぇ……確かに地元では不足していると聞く。東京帝大出身の人間が供給してくれるなら力強いよ」

「恐れ入ります」

「直ぐに地元への紹介状を書こう」

松原は頭を下げた。

こうして地元秋田にいる政治家へのルートが直ぐについた。

さっそく秋田に向かった。

「東京の先生からのご紹介ですから、間違いはないでしょう。では、関係者に繋ぎますよ」

「ありがとうございます。助かります」

おかげで秋田の農業関係の有力者を紹介して貰えた。

秋田、大曲《おおまがり》、横手……。

夜行列車に乗って何度も松原は営業に赴き、昼夜を問わず塩を販売して回った。

嘗《かつ》ての大陸での仕事に比べれば楽なものだ。

「走り回っても地雷もないし銃撃されることもない。命の心配をしないで済む。それだけでもどれほど有難いことか……」

平和であることの大切さを商売で知ったように思った。

そして、松原は部下と営業戦略を練った。

「そんな値段でいいんですか？」

「あぁ、僕の戦略で行こう」

部下は松原が設定する売価が安すぎるのではないかと懸念したが、松原は薄利で大量に販売する方針を取った。

価格は公定価格に少し上乗せする程度に抑えて、数百キロ単位で売ったのだ。

「この値段は有難い!!　どんどん入れて貰って大丈夫だよ」

「ありがとうございます」

相手には感謝され、販売する松原の側にとっては効率が良い。

最初は懸念を示した部下が感心した。

「なるほど、輸送、販売の人出に掛るコストを考えると……この方が儲《もう》かりますね」

「個々の顧客相手にはそこそこの利幅でいいんだ。大量に売れればいける」

こうして顧客も広がり松原の販売営業は順調に進んでいった。

だが数年が経《た》ったところで困った問題が生まれた。

「これでは商売にならんぞ……」

外国の安い岩塩が入るようになっていたのだ。

「何とかならんのかね？」

営業会議で社長がいう。

「これぱっかりは……値段の勝負ですから」

松原は苦い顔でそう答えるしかない。

価格競争では敵《かな》わない。

「おまけに、これが通ると……やっかいだぞ」

もうひとつ松原が心配する動きがあった。

電力が、それまでの国の独占管理から公益企業体に分割される可能性が出て来ていたのだ。

「そうなるとおそらく電気料金は上がる。ここで製造コストが上がれば万事休すだ」

日本塩業がいつまで続けられるか分からない。

松原は妻の丈子にそのことを正直に話した。

「厳しい状況なんだ。下手をすると会社はなくなる」

丈子は冷静に言った。

「また亀井さんにご相談なさったらいかがですか?」

松原を日本塩業に入れてくれた亀井茲建だ。

「そうか! 亀井さんか……忘れていたよ」

「大事な方を忘れてはいけませんよ」

丈子は笑った。

丈子の実家は津和野藩の家老の家筋で、同じ津和野藩主の嫡流である亀井も丈子のことをよく知っていた。

亀井は日本興業銀行にいた関係から人脈が広い。

「今はもう要職に就いてはおられないが……一度、亀井さんに会ってみるよ」

「そうなさって下さい」

そうして松原は亀井を私邸に訪ねた。

亀井はじっと松原の話を聞いていた。

「君の懸念は当然だな」

二人はそこから塩の需要の限界や価格競争の行方、そして電力料金が上った際の問題について長い時間議論した。そして、互いの意見が出尽した時に亀井は、暫く空を睨《にら》んでから微笑《ほほえ》んで松原の顔を見た。

「どうだい？　本屋で働いてみる気はないかね？」

松原は驚いた。

「はっ?!」

亀井は言った。

「どう考えても日本塩業に将来はない。ここで仕事を思い切って替えたらどうだろう？　実は僕は今、紀伊國屋書店の非常勤監査役を務めているんだが……ここの社長の経営が危なっかしくって見てられない。ひどい言い方に聞こえるかもしれないが、よくこれまで倒産しなかったものだと感心するぐらいなんだ。だから君のようなしっかりした人に入って貰えたら有難いんだよ」

「紀伊國屋書店、新宿の……」

松原は戦前、東京帝大在学中に一度訪れたことがある。

外観は地味な感じだが店内に入ると他の本屋とは異なる……なんとも瀟洒《しょうしゃ》で知的な雰囲気が漂っていたのが忘れられない。

凝った照明と所々に置かれた観葉植物が洒落た空気をつくり出していた。

広々とした書籍売り場の中央に階段があり、二階のギャラリーに通じていた。

「画廊なんてものがこの世にあるのを知ったのは紀伊國屋だった……」

階段の踊り場には大きな洋画が掛けられていた。

学生の身分には場違いだと、正直思ったのを記憶している。

「あの紀伊國屋書店……」

松原自身、本は大好きだ。

軍隊でも必ず慰問袋に本を入れて貰っていた。

「地の塩、世の光」

松原はどこかで目にした聖書の一節を思い出していた。

「戦争で死なずに戻った自分がまず塩を売って生きて来た。次は本、世の光となる知の塊の本、今度はそれを売るのも悪くない」

松原は亀井に頭を下げて言った。

「お世話になります」

◇

「おいおい、こんなに儲かるのかい」

帳場で札束を見て茂一は驚いた。

「社長、声が大きいですよ！　物騒な連中がうろうろしてるんですから……」

番頭に言われて茂一は首を竦《すく》めた。

バラックで再開した紀伊國屋書店。

紙質の悪い仙花紙《せんかし》の雑誌や単行本ばかりなのに飛ぶように売れていく。

「人はこんなに読み物に飢えてたのか……」

茂一はそれを見て本屋を再開して良かったと思った。

そして正直、助かった。

カネがなかったからだ。

戦時中に病死した父親が残してくれたのは、いくばくかの地所と家作だけで現金はなかった。

戦前、茂一が雑誌出版の失敗で大赤字を出し、その穴を父親の財産を担保にして埋めたことがずっと響いていたのだ。

その時のことを茂一はありありと覚えている。

「あのさぁ……」

慶應病院に入院していた父親に無心に行ったのだ。

「カネ……いるんだよ。悪いけど土地の権利書を借りるよ」

「どうすんだい？」

「それを担保に勧銀から借りる。そうでないと首をくらなきゃならない」

「………」

「いいだろ？　それとも首くくった方が良いかい？」

その茂一の顔をじっと見詰めて父親は言った。

「あまりバタバタするな」

「………」

さすがの茂一も堪《こた》えた。

カネの存在が骨身に沁《し》みた。

好き勝手、遣い放題の時にはまるで空気のようにしか感じなかったカネが、ないと途轍もなく苦しいことに気がついたのだ。

そして敗戦後、またカネの存在が茂一に迫っていたのだ。

茂一には別れた女房との間に子供が三人いる。皆、疎開から戻り目黒の借家で茂一と一緒に暮らしていた。

目黒の家に戻るとカネのない現実が迫って来る。

ある日、出かけに着ようと思ったツィードの上着が見つからない。

「あれはどうした？」

女中に訊ねた。

「あぁ……あれはその……」

女中はもじもじしている。

「あの上着を着ていくから出してくれよ」

「それが……」

「いいよ！　自分で出すよ。どこにある？」

そう女中に訊ねると質屋だという。

「何っ?!」

「坊ちゃま、嬢ちゃまの学費が……」

茂一は充分な生活費を渡していなかったのだ。

またある日、茂一が風邪をひいて臥《ふ》せった。

近所の医者を呼んでくるように言っても女中は、まごまごするだけでラチがあかない。

「おい！　お前が行って来てくれ！　先生にこういう症状だと、ちゃんと伝えて来て貰うんだぞ」

中学生の長男を呼びつけて使いに出すと、うなだれてひとりで戻ってきた。

「どうした？」

じっと下を向いている。

「だから、どうした？」

「……前の勘定を払って頂いてからだって……先生が。お父さんにそう伝えろって……」

そう言って涙を流した。

茂一の戦後は、そんなガタガタの生活だった。

だから夜になると目黒に帰りたくない。

茂一は逃げていた。新宿にいたい。

帰りたくないからなけなしのカネで飲みに行く、女を買う。

「どんな風に飲んでも酒は旨《うま》い。それに女は面白くなった」

東口駅前のハーモニカ横丁の屋台で、友達たちといつまでも一緒に騒いでいたい。

先を見据えての堅実、着実、真面目《まじめ》な生活など茂一のものではなかったのだ。

今、目の前で、したいことをする、欲しいものを手に入れる。

だが、現実ではカネに不足していた。

そんな茂一が本屋の再開でまたカネを手にした。

「そうなんだ。本屋は儲かるものなんだということを忘れてた。ボクは最初は、ちゃんと儲けていたんだ！」

茂一は二十一歳で開店した当初を思い出した。


昭和二年の一月二十二日、番頭と小僧、それに女店員二人の五人で素人の茂一が始めた紀伊國屋書店は最初から上手《うま》く回った。

「全集というのはこんなに儲かるのかい？」

茂一は驚いた。

「へぇ、まとまって売れますから、利益が大きいんです」

近藤書店に勤めていたことのある番頭がそう言った。

「いやぁ、驚いたねぇ」

茂一は嬉しくて仕方がない。

開店当時、新潮社から『世界文学全集』、改造社の『現代日本文学全集』、春秋社からは『世界大思想全集』が時を同じくして刊行され、華やかな全集時代となっていた。

昭和の初め、全集本が文字通り束になってポンポン売れていくブームとなっていたのだ。

「ボクも子供の頃からよく全集を買ったんだ」

その言葉に番頭が驚いた。

「社長は、よっぽど本が好きだったんですね」

茂一は頷いた。

「小学生の時分からの日に三度の本屋通いだよ。中学を卒業して買ったのが……『ゲーテ全集』、『トルストイ全集』、『近代劇全集』、『古典劇大系』……刊行される全集を片っ端から買ってたんだ」

「それじゃあ、お家の中が大変だったでしょう?」

茂一は笑った。

「そうなんだ。それで『ボクは本屋をやるからこれでいいんだ』と言ってた。で、こうやって本屋になったんだよ」

番頭も笑った。

「それにしても……」

茂一は思った。儲かるのだ。

全集の販売でどんどんカネが入って来る。

開店直後の紀伊國屋書店が波に乗ったのは、この全集時代到来のお陰だった。

そして、もうひとつ売れるものがあった。

雑誌、それも非正規の唯物主義思想の雑誌だ。

軍国主義一色となる前のインテリの象徴だった。

レーニン、ブハーリンのパンフレットが常に店頭にうず高く積まれた。

左翼思想誌は発禁になることが多い。

特に先鋭的内容で発禁の可能性の高い『文芸戦線』『プロレタリア芸術』は、発売その日に数百部が完売になる。

「面白いもんだな、人間は。読むな！　見るな！　となると読みたい、見たいと必死になる。それでこっちは儲かるんだから有難いものだよ」

「その通りです。仕入れ値はタダみたいなもんですからね。左翼様々、プロレタリア様々ですよ」

そう言って番頭が笑った。

茂一も、ほくそ笑んだ。

そんな茂一だが、儲けることが生きる目的ではない。

「やりたいことをやる」

紀伊國屋書店では書店を自分で始めたらやりたかったことができた。

それが二階のギャラリーだった。

茂一は本屋経営もズブの素人だったが、画廊のあり方なども全く知らない。ただやりたい一心で画廊を作ったのだ。

近所の写真館の主人が東京美術学校の出身と聞いて相談してみると、その方面の人達を紹介してくれた。

「画廊をやりたいとは……まだお若いのに、田辺さんの心がけは素晴らしいですね」

「いえ、私は芸術、うつくしいものが好きなだけなんです」

「その純粋な心、それこそが真の芸術を愛する者というものだ」

「お言葉、痛み入ります」

会う画家会う画家、快く賛同してくれる。

画家からすればまだ画廊など少なく、作品発表の場は多ければ多いほど助かる時代だ。

当然のおだて話なのだが茂一は素直に受け取った。

「これで絵が手に入る。画廊がやれる」

その様子を想像するだけでぞくぞくする。

本屋もそうだが茂一は景色が欲しいのだ。

自分がその中にいて嬉しくなるような空間を創《つく》りたい。その雰囲気に浸りたい。

それが茂一の夢の実現の原動力だった。

だが茂一に画廊の演出など分からない。

店の建築中、大工の棟梁《とうりょう》と二人で頭を捻《ひね》った。

「あっしに絵を飾る部屋をどうこうしろと言われたってねぇ……」

茂一は内装のあり方を考えていた。

そして閃《ひらめ》いた。

「よし！　天井をぶち抜いて貰おう」

棟梁は驚いた。

絵を美しく見せる照明器具など揃《そろ》わない時代だ。

「自然光という言葉がある。画家も自然光を大事にする」

茂一は天井から自然光を採り入れることにし、ぶち抜き天井に写真館の写場のような曇りガラスを張って貰ったのだ。

「ほう、いいじゃない」

光の柔らかな満ち方に茂一は嬉しくなった。

「壁はどうするかなぁ」

茂一は誰かのアトリエで見た景色を思い出し、それを再現することにした。

細い材木を並べ、その上に茶色のモスリンの布を被《かぶ》せるのだ。

「悪くないねぇ」

出来上がりをみて満足した。

そして、部屋の中央には大きな四角い卓子を置き、周囲に八つの椅子《いす》を配置した。

卓上には大型の洋画の画集を数冊並べた。

それはどこの画廊でもやっていない新機軸だった。

大学の図書室のような何とも豪華で知的な雰囲気が醸し出された。

「あらぁ……また画集が千切られてますよ」

「いいんだ、いいんだ。そのぐらいはサービスだと思おうよ」

番頭は呆《あき》れた顔をする。

「社長は豪気ですねぇ」

「へへへ、豪気でないと画廊など出来ないよ」

そんな風に時々ページをはぎ取られたが、茂一はその画廊の様子に得意満面だった。

「ボクの画廊だ。ボクの本屋のボクのギャラリー……」

紀伊國屋書店開店の翌月。

ギャラリーでオープニング展が催された。

『第一回洋画大家作品展』

安井《やすい》曽太郎《そうたろう》、牧野《まきの》虎雄《とらお》、柚木《ゆのき》久太《ひさた》らの作品が並べられ好評を博した。

続いて『佐伯祐三《さえきゆうぞう》展』『東郷青児《とうごうせいじ》・阿部《あべ》金剛《こんごう》展』が開かれる。

書店も画廊も動き出して半年後、最初の番頭がやめて、新たに金沢四高出身の岡田《おかだ》芳男《よしお》という男を支配人――〝支配人〟という呼称が〝茂一好み〟だった――として採用した。

「岡田さんはどうしてウチで働きたいと思ったんです？」

「私は本も好きですが、絵も好きなんです。そんな人間に紀伊國屋書店は最高の働き場所だと思いまして」

「あ、ボクに似てますね」

「そうですか」

口数は少ないが温厚で芯《しん》の強い男だった。

茂一の才能のひとつに人を見抜くことがあった。

少し話しただけでその人間の本質を見抜くことが出来る。

「あぁ、この男はカネにだらしないな」

「この娘は身持ちが堅い……」

採用した岡田も正解だった。

岡田は絵も分かったので画廊も担当した。

「やはり、ナンバースクール出はいい」

そう思ったのは毎日のように店にやってくる岡田の四高時代の友人たちだ。

新劇の関係者、朝日新聞の社会部記者、ドイツ文学者、美学者……彼らが紀伊國屋グループと呼べるものを作ったのだ。

皆、東京帝大の出身者ばかりだが三田出の茂一とウマが合った。

欧州のサロンのような知的で洒落た雰囲気が皆の話で満ちていく。

「教養とはこういうことだな」

茂一が待ち望むムードがそこに出来た。

「書店を始めて良かった」

茂一はしみじみ思った。

だが、ある問題のために売上が伸び悩んだ。

その問題とは、後々まで茂一に祟《たた》り続けることになる〝雑誌〟だった。

◇

「あのサロンがまた欲しいなぁ……」

焼け跡のバラックの奥にある帳場に座り、どこか焦げた匂《にお》いのする札束を数えながら茂一は昔を思い出して呟いた。

棚の本に、はたきをかけていた番頭が訊ねた。

「何か言われましたかぁ？」

「いや、なんでもないよ……」

勘定の算盤《そろばん》を入れながら茂一は思った。

「それにしても、あの頃のボクは採算理念のカケラもなかったな」

カネの有難味が分かってからそう思う茂一だった。

「雑誌……」

採算、カネ、と考えた茂一は思わずそう呟いていた。

「何ですか？」

また番頭が訊ねてきた。

今度は茂一はちゃんと答えた。

「〝雑誌〟って言ったんだよ」

「エッ？　今日は何か発売日でしたっけ？」

「違うよ。雑誌……ボクの道楽、ボクの鬼門だと……言おうとしたんだ」

「はぁ？」

遠くを見るようにしている茂一を番頭は、はたきの手を止めて見詰めた。

昭和の初め、紀伊國屋書店が創り出したサロンの広がりが茂一の道楽を産んだのだ。

戦前の紀伊國屋書店はある意味、雑誌との心中に終わった。

茂一のダメダメのひとつだ。

「良くも雑誌、悪くも雑誌……あの頃はそうだったんだからしょうがない」

二十一歳で本屋を始めてすぐ、茂一はあることに気づいた。

「嘘だろ……」

他の本屋の売上構成を知った時だ。

「単行本が二割、雑誌が八割……」

「何だ？　あんたそのことを知らないで非組合の本屋を出したのかい？」

他の本屋の店主に言われて茂一は絶句した。

「大事なことを知らずに本屋をやるなんて……あんたは豪気だねぇ」

本屋の大半の売上は雑誌なのだ。

本屋は雑誌で大きく売り上げ、儲ける仕組みになっていた。

その仕組みを守るために存在していたのが東京雑誌組合というものだった。

――過当競争から既成書店を擁護する――

書店の出店を距離で規制し、組合に加入できない書店は正規の雑誌を取り扱えない仕組みになっていたのだ。

新宿の書店は大通りに老舗《しにせ》の池田屋、文華堂があり、横丁には敬昌堂という本屋があった。

それぞれの三百歩《ぶ》以内の距離では雑誌を扱えない。

規制に該当する茂一の店では正規の雑誌は売れないのだ。

「既存の本屋で二割の売上しかない単行本だけじゃあ、商売にならない」

そうやって誰もが書店の出店を尻込みしていたのが現実だったのだ。

茂一も開店前に件《くだん》の売上構成を知っていたらどうしていたか分からない。

「あんたは豪気だねぇ……」

本屋の店主の言葉に茂一はカチンと来た。

「紀伊國屋のミカン船はもう沖に出て帆を張ったんだ。十歳からの夢をそんなことで潰《つぶ》されてたまるか！」

そこから茂一は非正規のプロレタリア雑誌の販売に更に力を入れたが、いかんせん正規雑誌とは売上の桁《けた》が違う。

「じゃあ、自分で雑誌を作って売ってやる」

組合や規制という野暮なものへの反抗心が、茂一に雑誌出版への火を点《つ》けたのだ。

「ボクにはサロンがある」

紀伊國屋書店、画廊の開店によって出来た人脈、紀伊國屋グループと呼べるインテリ集団や多くの画家たちのことだ。

「彼らと一緒になれば雑誌なんていくらだって作れる」

そうやって最初に刊行したのが美術雑誌『アルト』だった。

創刊は昭和三年五月のことだ。


「エロ・グロ・ナンセンス……最高だね」

その頃の時代を表わすその言葉が特に茂一にはピッタリと思えた。

三田の卒業式の宴会の後で女を知ってからの茂一は、セキを切ったように花柳界での遊蕩《ゆうとう》三昧だった。

それだけではない。

「ねぇ……もっと体をくっつけなよ」

「エッ？　こ、こうですか？」

女性が腰を茂一に寄せる。

「良くなったけど……もっとお互いの胸も合せようよ」

「……こ、こうですか？」

「そうそう。ずっと良くなった。良くなった」

茂一は女性と踊っていたのだ。

「女性と踊って過ごすのがこんなに楽しいとは……」

市内のダンスホールも遊び歩いていた。

その仲間に加わったのが欧州帰りの新進気鋭の画家たちだった。

ギャラリーで二人展をやった画家の東郷青児と阿部金剛、そして中川紀元《なかがわきげん》だった。

「君たちは良いねぇ……」

「何がです？」

「巴里《パリ》の匂いがする」

「エッ？　田辺さんもいらしたことがあるんですか？」

「うん……まぁ、ね」

茂一は海外に出た経験がない。

だが、彼らとそんな風に話していると欧州の雰囲気を感じられた。

茂一は中川と特に仲が良くなった。

サッパリとした人柄で、言葉に無駄がない。

信州伊那《いな》の出身だったが田舎風情や泥臭さが微塵《みじん》もなく、江戸っ子風の気っぷの良さがあった。

〝茂一好み〟の男だった。

絵だけでなく、文章も上手い。

ダンスホールからの帰り道、雑誌の話を茂一は持ち出した。

「どうだい？　一緒に美術随筆誌を出さないかい？」

「いいね。それはいい」

茂一の言葉に中川は即座に同意した。

「他の同人は誰が良いかな？」

問われた中川が少し考えてから言った。

「そうだ。森川町に行こうよ」

翌日の昼下がり、二人で本郷森川町に住んでいた木村荘八《きむらそうはち》を訪ねた。

座敷に上がると木村は三味線をいじっている。

「粋《いき》なものだな」

茂一は思った。

「いいよ」

木村はペン♪と三味線の糸を弾き、二つ返事で引き受けてくれた。

「ぼくが表紙の絵を描いてあげるよ」

「これはこれは。ありがとうございます」

茂一は願ったり叶《かな》ったりと頭を下げた。

他にも二人の同人を集め、茂一を入れた五人で美術雑誌『アルト』は創刊準備が進められた。

〝アルト〟とはエスペラント語で〝芸術〟の意味だ。

茂一はそれと並行して紀伊國屋グループと文芸誌を出そうとしていた。

「雑誌の名前は『糧道時代』でいこう」

茂一の主導でそんな風に進んでいたが、同人候補から名前が軍国調だと横やりが入るなどして、前に進まなくなった。

そこへ長年の友人である作家が『アルト』の動きを見て雑誌をやりたいとやって来た。

「なぁ、田辺。やらせてくれよ」

「ふぅん。君がねぇ」

舟橋聖一《ふなはしせいいち》だった。

東京帝大文学部在学中から同人誌に小説や戯曲を発表、先年、『新潮』に載せた小説が評判になっていた。

劇団も主宰し、目白の自邸の蔵座敷で行われる舞台稽古には茂一も時々足を運んでいた。

舟橋と茂一は小学、中学を共にし、その後は水戸高校と三田に分かれたが、舟橋が東京に戻るとまた付き合うようになった。

長い付き合いだが……複雑な関係でもある。

「田辺には、いじめられた」

幼い頃のトラウマが舟橋から消えない。

「あったかなぁ……そんなこと」

茂一の方では忘れているが、いじめられた側は絶対に忘れることはない。

茂一も小学校三年の時、舟橋が転校してきた日のことは昨日のことのように覚えている。

背が低く蒼白《あおじろ》い顔をして頭だけが大きい。

首に包帯を巻き、弁当の時間には薬瓶や薬袋を取り出すので驚いたのだ。

茂一は思った。

「転校生、小柄、陰気……それだけ揃っていれば、当時のボクならありえるなぁ」

子供の頃の茂一は、我儘《わがまま》で、悪戯《いたずら》好きで、意地悪な少年だったからだ。

それは二人が小学校三年の時。

「お前、どっから来たんだよ」

弁当を食べ終わると直ぐに茂一は舟橋に近づいて訊ねた。

「………」

「なんだ？　口がきけないのか？」

「……本郷」

「本郷ッ?!」

茂一は素《す》っ頓狂《とんきょう》な声をあげた。

「そんな田舎からよく来たなぁ。お前はかっぺだな」

「……本郷は……田舎じゃないよ」

舟橋は小さな声でそういう。

「へぇ、そうかい。じゃあ、本郷はどこなんだい？」

舟橋は黙っている。

「確か『本郷もかねやすまでは江戸の内』っていうんだ。お前ん家は江戸だったのかい？」

早熟な茂一はそんな川柳を知っていた。

『かねやす』とは江戸時代からある雑貨屋の名だ。

舟橋が前にいた家はまだ少し先だ。

舟橋は小さく首を振った。

「ほらみろ！　お前はかっぺだよ」

茂一は得意げにそう言い、舟橋は涙ぐんだ。

そんな二人が大人になった。

茂一は慶應専門科、舟橋は帝大を出た。

「あの頃、お前にいじめられたんだよ」

「何度も言うなよ」

「いや、言わせて貰う。お前は俺を、体の弱い転校生の俺をいじめたんだ」

「ホントかなぁ……そんなことあったかなぁ」

「すっ惚《とぼ》けるな！　俺は忘れていない!!」

茂一はそういう舟橋に負い目を感じた。

だが、ふとした時、茂一の意地悪な面が顔を出し、そんな舟橋に強く出たりする。

すると舟橋は急に怯《おび》えた目になった。

上になったり下になったり、複雑な心理関係の二人が互いに文学好きという趣味で結びつき、大人になっても付き合っていたのだ。

「雑誌を出したいんだ。やらせてくれよ。それもアンチ・プロレタリア、芸術至上主義の旗揚げになるような雑誌にしたい」

舟橋の勇ましい言葉に茂一は意地悪な目をした。

「売れるんだろうね。こっちは商売なんだよ」

本心では一も二もなく賛成なのに、いじめっ子茂一が出ていた。

舟橋はうっと詰まる。

茂一は笑った。

「いいよ。出してあげる」

こうして雑誌、『文芸都市』が生まれた。

雑誌を出すにあたって、出版人として茂一の態度は常に潔かった。

「カネは出すが、口は出さない」

出す雑誌に自分も同人として名は連ねるが編集方針や内容に口は一切出さない。

「野暮はしない」

仕事でも〝粋〟ということが茂一の行動原理なのだ。

江戸っ子の気っぷの良さが身についている。

こうして次々に紀伊國屋書店から雑誌が出された。

時代の風にも乗って売れた。

「本屋は儲かる」

紀伊國屋書店開店から三年後、昭和五年には新宿本店を増改築、それまでの六倍、九十坪の広さとなった。

二階には画廊だけでなく講堂まで作られた。

同じ年、銀座六丁目に、間口二間半（約4・5メートル）、奥行き十三間（約23・4メートル）の細長い支店を開設する。

本店と同様に階上にギャラリーを設け、『B・G・C』と名づけた喫茶部まで作った。

ボーイス・ガールス・クラブの意味だ。

茂一が懇意にしている文化学院院長の西村《にしむら》伊作《いさく》に「生徒たちに課外授業の場所を提供してほしい」といわれてのことだった。

そして、上野広小路に上野支店まで出した。

「やれる時には一気にやっちまう」

茂一の江戸っ子気質が現れている。

一流好みの茂一は他の本屋が置いていない高級本、学術本を沢山仕入れて棚に並べた。

レジの前に立つことも多い茂一は客としてやって来る有名人とも親しくなった。

「この店は本当に良い本を置いているね」

竹久夢二《たけひさゆめじ》だった。

「あっ、先生！　ありがとうございます。今日は新宿で、これからお食事ですか？」

「うん。中村屋でカレーでも食べようかと……これを頂くよ」

「毎度、ありがとうございます」

小杖を小脇にはさみ『聖フランシスの小さき花』を茂一に差し出した夢二に頭を下げ、茂一は相好を崩した。

「？」

ふと店先を見ると美人が佇《たたず》んでいる。

「夢二はさすがに良い女を連れてるなぁ」

茂一は感心した。

そんな風に文化人との交流は進んでいった。

「ボクはやっぱり本屋をやるために生まれたんだ」

こうして紀伊國屋書店は東京の文化の発信地となっていく。

◇

昭和の初めという時代は大正デモクラシーから戦争へと変化を遂げる節目の複雑な時代だった。

本の売れ行きは世相を反映する。

紀伊國屋書店が開店して暫くはプロレタリア思想が社会全体を覆っていて、その関連の本や雑誌が売れていた。

『文芸戦線』『プロレタリア芸術』『戦旗』、そして、叢文閣《そうぶんかく》、白楊社《はくようしゃ》、共生閣など左翼出版社が刊行するパンフレットが飛ぶように売れる。

それで儲かって調子良く店を拡げた茂一だったが、ある時、プロレタリアの波が自分に襲いかかって来た。

「おいおい、なんだこりゃ?!」

『アサヒグラフ』の表紙を見て茂一は素っ頓狂な声をあげた。

メーデーの旗の下に女性の顔が並んで大きく写っている。

茂一は頭がクラクラした。

どちらの女性も紀伊國屋書店の店員だったのだ。

ショックだった。

「俺の採用方針が間違っていたのか……」

茂一は本屋をやっていくのに様々に斬新なことをやったが、中でも当時の社会で画期的だったのは女性の雇用だった。

「優秀であれば男も女も関係ない」

その考えで採用をした女性が写真の二人だったのだ。

東京女子大出の頭の良い女性たちだった。

「馘首《くび》だよ」

「承服できません」

茂一の言葉に二人は一歩も引かない。

「アカは駄目なんだよ」

「お言葉ですが、店でプロレタリア雑誌を売って儲けておきながらそれはないのではないですか？」

「…………」

そう言われると反論できない。

「どういう了見で私たちを解雇なさろうと言うんですか？」

「駄目なものはダメなんだよ」

そう突っ撥《ば》ねるしかない。

「私たちとは交渉の余地はないということですね？」

「交渉？　何のことだい？」

「直接交渉ではプロレタリアは資本家に敵うはずありませんね」

「はぁ？」

そこで女性たちはきっぱりと言った。

「では、明日、労農（共産党）党本部から、しかるべき立場の人を伺わせます」

「なにっ?!」

茂一はごくりと唾《つば》を呑《の》み込んだ。

翌日、狭い応接間で緊張して待っているとやって来たのは、小説家で戯曲も書く茂一も知る藤《ふじ》森成吉《もりせいきち》という男だった。

「なんだ？　あなたでしたか……」

「なんだもなにも……田辺さんが社長というのでは厳しい交渉は出来ないなぁ」

茂一は笑顔になって言った。

「とにかく、お互い穏便に収めましょうよ」

「えぇ、私もそのつもりです」

文学通の茂一は藤森の作品をよく知っている。

大した議論にならず、幾ばくかの退職金を払うことで収めることにしてもらった。

「じゃあ、それで党本部のほうは私が纏《まと》めますから……」

「よろしくお願いします」

こうして目先の問題が済むと茂一は急に気分が大きくなった。

「よし！　あれを買おう」

自動車だった。

フォードのロードスターだ。

オープンカーの後部に本を積んでハンドルを握り、新宿から銀座、上野と店を回った。

「あぁ、この世は素晴らしく美しいねぇ」

「♪〜」

風を受けて疾走しながら茂一は口笛を吹く。

カネが入って来る分、遊蕩にも拍車が掛っていた茂一は上野支店を回った後で必ず、池之端《いけのはた》、同朋町《どうぼうちょう》の花街に寄っていた。

「社長さん、今夜はどうされます？」

「うん……そうだな。ゆっくりさせて貰おうかな」

そのまま泊まり、朝方に寛永寺の鐘の音をきくこともある。

そしてまた別の贅沢もした。

薪炭問屋の敷地の空いている所に小振りの洋館を建てたのだ。

週末になると、板張りの洋間に女友達を大勢呼んで蓄音機から流れる音楽で朝まで踊った。

「夜は優し……」

茂一はまだ二十七歳だった。

スコット・フィッツジェラルドの『グレート・ギャツビー』に自分を重ね合わせた。

人生の絶頂にあった茂一。
しかし、反転がやって来る。
きっかけは女性だった。
しかも、それは結婚だった。
水谷八重子に求婚をして以来、茂一は多くの令嬢、女優に恋をした。
「恋の延長線上に結婚がある。結婚と遊びは別だ」
茂一の真面目な恋は結婚に至ることはなかった。
その茂一が見合いをした。
相手は和歌山の名士の次女だった。
茂一とは六つ違いの二十一歳。
丸の内ホテルでしかるべき人たちが付け人になって行われた。
茂一にすると特に気に入りのタイプではなかった……可もなし、不可もなし。
「どうしようかなぁ」
茂一には相談できる人がいない。
母親は他界し、父親とは殆《ほとん》ど口もきかない状態で他人同然だ。
その時、茂一は自分がひとりなのだということを悟った。
「そうか、ボクはひとりなんだ」
急に寂しくなった。

「身を固めて、家族を持つのも悪くないか」
それが結婚を決めた理由だったのだ。
多くの来賓を帝国ホテルに招いての結婚披露宴は盛大に行われた。
昭和七年一月十三日のことだ。
茂一は全てが恙《つつが》なく終わると、自分で小切手をきってホテルの勘定を済ませた。
新婚旅行は箱根宮ノ下の富士屋ホテル。
東京駅のホームまで東郷青児と宇野千代《うのちよ》が送ってくれた。
富士屋ホテルは冬場でも全館スチーム暖房が効いていて快適だ。
だが何故《なぜ》か茂一は寒く感じる。
風邪をひいたかと思ったが熱はない。
食欲もある。
ダイニングルームで食べた虹鱒《にじます》のソテーはすこぶる旨かった。
だがどこか寒い。
「しくじったかな……」
新妻のことをそう思ったのは東京駅からの列車の中だ。
一等車内で初めて二人きりになったところで思った。
「この女……どうも調子が狂う」
だがそれもこれからの生活で馴染んでくるだろうと思うようにした。

しかし、新婚生活が始まって、それが杞憂《きゆう》でないことが分かった。

ひどく我儘な女なのだ。

気に入らないことがあると直ぐヒステリーを起こす。

「なによ！　それは?!」

突然、茂一は怒鳴られる。

「なによって、何だい？」

「なによその歩き方！　もっとちゃんと歩けないの？」

「ボクはずっとこういう歩き方だよ」

「嫌なのよ！　あなたのその歩き方が！　もっとしゃんと歩きなさいよ!!」

そして、茂一には理解できないことを言い出す。

「あなたといると体が冷えるわ」

「そうかい。僕は寒くはないよ」

「あなたの愛は冷たいのよ。だから私は寒くなる！　凄く寒いッ!!」

茂一には訳が分からない。

だが茂一は、家庭の中での女とはこういうものなのだと思うようにした。

茂一が付き合ってきた女は娼婦であって、男への慎みの態度は仕事なのだと思うようになった。

「なるほど夫婦の生活というのは戦いのようなものなのだな」

お互いが気に障る。

茂一もある時からは女房に負けずに我を通した。

茂一は誰かの随筆で読んだ画家、ダビッドの言葉を思い出していた。

「女は我儘なものだ。だが、芸術家はもっと我儘なものだ」

そんな相性の悪い夫婦に穏やかな生活など望むべくもない。

「子供が出来れば変わるかもしれない」

だが、二男一女をもうけながらも喧嘩《けんか》に次ぐ喧嘩。

「方角が悪いのかもしれない」

四年の間に十ヶ所近く転居をしたがなにも変わることはない。

柏木四丁目の広い屋敷に移った時だ。

女房が茂一の飲むウイスキーの瓶の中にカルモチンを混ぜた。

「ブハーッ!!」

茂一は気がついて全て吐き出した。

「お、おいっ!! なんだ! ここに何を入れた?」

女房は笑っている。

「……死ねばいいのよ」

「何だとぉ?!」

「あなたみたいな人は……死ねばいいのよ!! あなたが死なないなら、私が死んでやるわよ!!」

そう叫んで裸足《はだし》のまま表に走っていく。

追いかけると遮断機の下りた踏切に飛び込んでいこうとする。

茂一は羽交い締めにした。

「死んでやるわよ!!　これで満足でしょう!!」

「馬鹿なことはやめろ!!」

列車が眼の前を轟音《ごうおん》をあげて走っていく。

「離せッ!!　離せーッ!!　死んでやる！　死んでやるわよぉ!!」

「馬鹿野郎！　ボクのほうが死にたいよぉ!!」

茂一は必死で女房を連れ戻した。

「あんなことが続いたら……若旦那さまは死んでしまいます」

古くからのお手伝いが父親のところに行って訴えた。

茂一は家庭地獄に憔悴《しょうすい》していたが、そんな生活を徐々に普通と思ってしまっていたのだ。

異常な状態は中にいる当人には異常だと分からない。

父親が飛んできて別居となった。

その半年後、正式に離婚した。

子供は全員、茂一が引き取った。

「結局、ボクは何もかもダメなんだ」

仕事も駄目になった。

荒れた結婚生活の時に一生懸命になった仕事が全部裏目にでた。

それが、雑誌だったのだ。

昭和八年十月、『行動』を創刊する。

同時期に創刊された改造社の『文芸』、文圃堂の『文学界』と同じような文芸誌だったが、一年ほどして総合誌になった。

プロレタリア派と芸術派の対立、左右両派の様々な議論や討論などの熱を帯びた内容が評判となり、一時は時代を席巻する勢いがあったが、いかんせん大手出版の充実した内容の総合誌に敵うはずがない。

大量の返品を抱えることになる。

『行動』は丸二年、二十四冊を刊行して廃刊、討ち死にとなった。

赤字は十七万円にのぼり、茂一は病床にあった父親に頭を下げ、その財産を使わせて貰って穴を埋めざるをえなかったのだ。

だが、文芸誌の出版は茂一に創作への情熱を芽生えさせ、自ら筆をとるようになった。

破綻《はたん》している結婚生活から気持ちをそらす意味もあった。

茂一は雑誌のいくつかに自分で書いた文芸批評や小説を載せた。

「先生、先生……田辺先生」

そう呼ばれて文壇人を気どった。

だがそんな雑誌出版は全て失敗となった。

戦前、紀伊國屋書店が出した雑誌……。

『文芸都市』昭和三年二月創刊、昭和四年八月、十八号で廃刊。

『アルト』昭和三年五月創刊、昭和四年六月、十三号で廃刊。

『新科学的文芸』昭和五年七月創刊、昭和八年二月、三十二号で廃刊。

『モダン東京』昭和五年創刊、昭和十年廃刊。

『紀伊國屋月報』昭和六年二月創刊、十二月に廃刊。

『演劇学』昭和七年五月創刊、昭和九年九月、十一号で廃刊。

『あらくれ』昭和七年七月創刊、昭和十三年十一月、四十四号で廃刊。

『レセンゾ』昭和八年四月創刊、昭和十年十月、二十一号で廃刊。

『行動』昭和八年十月創刊、昭和十年九月、二十四号で廃刊。

『詩法』昭和九年八月創刊、昭和十年九月、十三号で廃刊。


雑誌出版の赤字は、紀伊國屋の書店としての儲けを全て食いつぶしたうえに親の財産まで失わせた。


「結局、雑誌はボクの道楽、鬼門だった」

そして、肝心の書店も戦火によって失った。

「本当のダメダメだった」

茂一は戦前の自分をそう総括するしかなかった。

しかし、独自の書店や画廊経営、そして雑誌出版を通して茂一が得たものは大きかったのだ。

文化が茂一の中にしっかりと宿っていた。

良い時も悪い時も時は流れる……そうやって、歳月は茂一を創った。

その田辺茂一が戦後、動き出す。

第四章　奇妙な二人三脚

戦後、バラックで紀伊國屋書店を再開した茂一は時代のうねりを二つのもので感じていた。

一つは大好きな女性。

抱く女、抱く女、加速度をつけて明るく自由に綺麗《きれい》になっていく。

もう一つは本や雑誌。

どんなものでも飛ぶように売れるのだ。

「自由になった人間はこんなにも活字を読みたがるものなのか……」

連日、紀伊國屋書店の店頭はごった返した。

仕入れる本、入って来る雑誌、何もかも次から次へと売れていく。

「た、大変です！」

まだ開店前の時間だ。

店員が奥にいた茂一を慌てて呼びに来た。

茂一は外へ連れ出されて驚いた。

「エエッ!!」

茂一は自分の目が信じられない。

その日は文藝春秋の発売日だった。

何と、買い求めようと店の前で待つ人の列が、新宿通り沿いをずらりと並びながら続いている。

「い、いったいどこまで続いてんだい……」

茂一がその列に沿って走っていくと、百メートル以上先の伊勢丹の端《はし》まで来てしまった。

「……なんてこった！」

しかし、そんな光景はその後、珍しいものではなくなっていく。

人気雑誌や話題の単行本の発売日にはそれが当たり前の光景になっていたのだ。

「儲《もう》かる！　いやぁ、儲かる!!」

茂一は店の帳場で札束を数えるのに疲れるほどだ。

だが、時代の変わり目の勢いというものには、表もあれば裏もある。

茂一はあることで頭を痛めていた。

それは、焼け跡となった新宿に入り込み、その後も居続ける者たちだった。

彼らは新宿駅周辺に不法占拠を続け、まともな商売人たちの障害になっていた。

「あれは何とかしなくちゃ、いけない」

古くから新宿に地所を持つ茂一や他の旦那衆《だんな》たちは寄るとそう話した。

その解決を真剣に考えたのが茂一と高野フルーツパーラーの主人らだった。

「どうします？　ここらで何とかしなくちゃ、大変なことになりますよ」

「そうだね。どうするかね。目には目を、かね？」

茂一は少し考えてから言った。

「やっぱり、カネでしょうね。カネで解決をつけるしかないでしょう」

カネで彼らを立ち退かせる以外に方法がないのは見えている。

問題はそのカネをどう捻出《ねんしゅつ》するかだ。

紀伊國屋書店の日々の売上だけでは難しい。

茂一は銀行に相談に行った。

「申し訳ございません。手前どもはそういう目的での融資に応じることは出来かねます」

茂一は項垂《うなだ》れた。

「銀行は無法者に渡すカネは貸してくれないのか……」

だが、蛇の道は蛇、話を聞きつけてやって来たのが、新宿で手広く金貸しをやっている人物だった。

「田辺さん。紀伊國屋書店を株式会社になさい。それで株を売ってカネを作ればいい」

「株？　そんなものでカネが出来るんですか？」

「あぁ、大丈夫。私が株主を見つけてきてあげるから、大船に乗ったと思って……」

こうして昭和二十（一九四五）年十二月、資本金十五万円で株式会社を設立、翌年七月には百五十万円、次の昭和二十二年の九月に資本金は三百万円にまで増資された。

「へぇ、こんな簡単にカネが集まるのかぁ」

茂一はただ感心するだけだ。

大きくカネを出して筆頭株主となったのは件《くだん》の金貸しで、それ以外には、新宿に物件を持つ不動産屋たち、戦前の首相経験者の孫、そして、某神社の宮司などが株主となった。

皆、投資家として嗅覚《きゅうかく》の鋭い連中だった。

戦後の書店業の盛況を見て、カネを出したのだ。

茂一は資本として集めたカネを使って不法占拠者を立ち退かせることに成功した。

「新宿のここいらは、代々ボクらの土地なんだ」

茂一は新宿を取り戻したい一心だけで、株式会社や株主がどういう意味を持っているかをちゃんと考えていなかったのだ。

お坊っちゃん茂一の脇の甘さ、いや茂一にはそもそも締める脇などない。

後に株では苦労することになる。

だが、その時の茂一はそれで問題が起こるなど微塵《みじん》も思っていなかった。

むしろ……。

「このカネ、どうするかなぁ」

立ち退き料を支払ってもそれなりの金額は金庫に残った。

すると茂一の心にムクムクと子供の頃と同じ気持ちが湧《わ》いて来た。

「昔のような店舗を持ちたい。自分がそこにいるだけで気分が良くなる……あの空間が欲しい」

バラック建ての店には飽き飽きしている。

そんなある日、たまたま訪れた南平台の知人の建物が茂一の琴線に触れた。

「この建物はいいなぁ……」

近代的ながら豪壮、そして何ともいえない品がある。

〝茂一好み〟なのだ。

奥歯が疼《うず》き、身体《からだ》がジンとする。

「こちらのお宅はどなたの設計で？」

「前川國男《まえかわくにお》さんです。世界的建築家、ル・コルビュジェに師事した方で、日本を代表する若手建築家のおひとりです」

茂一は興奮した。

「店の設計をお願い出来ますかね？」

「大丈夫だと思いますよ。一度会ってご覧になったら」

その前川と会って茂一は即決した。

設計する建築と同様、洒脱《しゃだつ》な男で欧州の香りがする。

「この人にお願いしよう」

茂一は新店舗の建設を決めた。

土地は父親が残してくれた炭屋の納屋跡、五百坪がある。

「先生に一切お任せ致します」

「分かりました。頑張ります」

茂一は前川にそう言い、前川も自分のやりたい建築設計に全力で取り組んだ。

茂一の信条である「カネは出すが口は出さない」がそこにある。

文学や芸術に関することは創《つく》り手に全《すべ》てを委《ゆだ》ねる。

「最高のものを創って下さい」

「そう言われると、やりがいがありますよ」

こうして昭和二十一年七月から新店舗建設は着工され、翌年五月に完成した。

出来上がったそれは、まだ戦後の混乱期の日本にいるとはとても思えない空間を訪れる人たちに提供した。

「ワアーッ、素敵だなぁ！」

「外国にもこんな本屋はないよ」

誰もが思わず声をあげた。

花崗岩《かこうがん》と木材を配した二階建て、延べ面積百八十一坪は戦前の店の倍の規模だった。

ファサードは大きく格子窓が取られ、明るく清廉な印象を来客に与える。

正面ベランダにアクセントの観葉植物が配置され、花崗岩の壁がピロティを擁する入口までのアプローチを豪華に演出している。

「紀伊國屋書店　KINOKUNIYA　BOOKSTORE」

正面上部に掲げられた店名は漢字とアルファベットの二種類が並んでいる。

どちらも横書きで各々の活字を壁に張った凝ったものだ。

一階の書籍売場は吹き抜けで広々としている。

独特の落ち着きをもつ瀟洒《しょうしゃ》な雰囲気は、戦前の店舗の良さをそのままモダンにした趣を感じさせた。

店内の書棚や平置き用の大きな机は一流を好む前川が天童木工に作らせた特注品だ。

二階のギャラリーには荻須《おぎす》高徳《たかのり》、森芳雄《もりよしお》らの絵が掛けられ、美術関連の書籍が平置きでゆったりと置かれていた。

完成した店舗を見た茂一は感激した。

〝茂一好み〟が前川芸術として昇華され実現されていたからだ。

「あぁ……」

十歳の時の丸善での甘美な感覚をまた感じていた。

いや、それ以上のものだった。

「この風景をボクはずっと夢見てたんだ」

本屋をやると決めた時に望んだのはこれだったと思った。

新店舗の開場パーティーには大勢の友人や先輩に来て貰《もら》った。

時の文部大臣もやって来た。

茂一が嬉《うれ》しかったのは皆が口々に店舗を褒めてくれることだ。

「復興の象徴だ。日本の新しい文化がこの店によって創られる」

「戦前のあの紀伊國屋書店が大きくなって戻って来てくれた」

「この広さ……とても本屋とは思えない。ただいるだけで気分が良い」

当時、二十五坪が本屋の適正な規模だと思われていたが、紀伊國屋書店新店舗は百五十坪の売り場面積を誇っている。

「日本の未来を紀伊國屋書店が明るくしてくれる」

茂一にもその手ごたえはあった。

この時代と寝ると決めて書店を再開した。

そして、成長を実感できる時代のさらに先をいく新店舗が出来た。

「楽しみだ」

相変わらず商売のこと、儲けること、先のことは考えていない。

やりたいようにやる。欲しいものを創る。

「……♪」

気がつくと茂一はパーティーの会場で奴《やっこ》さんのように腕をあげ尻を振って踊っていた。

周りの客たちはそれを見て笑い、やんやと囃《はや》し立てた。

それは東京大空襲で店が焼け落ちた夜の、あの踊りだった。

◇

松原治は、紀伊國屋書店で非常勤監査役を務める亀井兹建に伴われて浅草の料亭、草津亭の門を潜《くぐ》った。

社長の田辺茂一に会うためだ。

昭和二十五（一九五〇）年五月の夜だった。

「とにかく変わった男だから驚かないように」

亀井からはそう言われている。

仲居に案内されて座敷に入った。

茂一は既に座って待っていた。

「！」

その茫洋《ぼうよう》とした風貌《ふうぼう》を見た瞬間、松原はどこか懐かしい感じを受けた。

「何だ？　昔、この人に会ったか？」

挨拶《あいさつ》を済ませ腰を下ろすと直ぐに酒が運ばれて来た。

茂一は「まぁ一献」と松原に銚子《ちょうし》を差し出し松原も直ぐに返盃《へんぱい》した。

「この男、酒は強いな」

茂一は松原の様子からまずそう思った。

松原の方は茂一の摑《つか》みどころのない雰囲気から話の糸口を探しあぐねた。

「帝大法学部から満鉄、そして陸軍さんから塩屋さんにねぇ……」

茂一は松原の顔を見ながら亀井から聞かされている松原の経歴を暗唱した。

松原には何を言いたいのか分からない。

大したものだと言いたいのか、半ば馬鹿にしているのか、松原には茂一の心の底が知れない。

「ボクは三田だが、帝大出の連中とは昔からウマが合ってね」

戦前の紀伊國屋グループや帝大出身の作家との交流について茂一は話していく。

小説家、舟橋聖一との子供の頃からの因縁話や一緒にやった雑誌での大失敗など……。

「帝大出も三田出も背負っているものが大きいからきっと気が合うんだね」

茂一はそう言った。

「何でしょう？　背負っているものとは？」

松原は訊ねた。

「帝大出は天下国家を背負っている」

「はい」

松原は真剣な表情で茂一を見た。

「三田出は……ボクがその筆頭だが、女を背負っているからね」

松原は噴きだした。

次から次に茂一は話す。

その話がめっぽう面白い。

「座持ちの上手《うま》い人だなぁ……よっぽど遊んできたんだろうな」

松原は茂一に妙な感心をした。

そして思っていた。

「この田辺茂一という人。大学、満鉄、軍隊、それに日本塩業で出会った誰とも似ていない……

こんな人には今までの人生で会ったことも見たこともない」

そして、さらに思った。

「なのに……どうしてさっきから懐かしい気持ちがするんだろう」

笑いながら考えていた。

茂一の方は松原を見て思っていた。

「笑顔の良い男だなぁ。人間の良し悪しは笑顔で分かるが……」

松原の爽快《そうかい》な笑顔が気に入った。

「見た目や雰囲気は違うが……戦前、支配人だった岡田に似ている」

金沢四高出身で芯《しん》の強い、仕事を任せられる男だった。

茂一は人の本性を見抜く才に長けていた。

「この男なら大丈夫だろう」

松原をそう思っていた。

料理を食べ終わったところで亀井は腰を上げた。

「どうぞ、後はお二人でゆっくりやって下さい」

亀井は茂一が松原を気に入った様子なのが分かった。

「じゃあ、田辺さん。松原君をよろしく」

そう言って頭を下げると出ていった。

松原は玄関まで送った。

「いいかい、今夜はとことんあの人に付き合うんだよ」

そう言って亀井は帰っていった。

松原が座敷に戻ると茂一は言った。

「亀井さんは良いね。やはり出の良い人は品が違うよ」

松原は頷《うなず》いた。

「津和野藩主の嫡流ですから……」

松原は茂一に銚子を差し出した。

二人ともかなり飲んでいる。

茂一も松原も全く乱れないが、どちらも酒が進むと饒舌《じょうぜつ》になる。

そして、幾分声が大きくなっていた。

「田辺社長はお強いですね」

松原がよく通る声で言うと茂一も言った。

「松原さんも強いね。酒は好きかい?」

松原は笑顔になって頷いた。

「嫌いでは飲めません」

茂一はふうんという風な表情をしてから言った。

「ボクも酒は好きだが、女のほうがもっと好きなんだ。この近くだとねぇ……」

「…………」

あけすけな茂一に松原は驚いた。

茂一はそれまで関係した女の数や、どこでどうしたという体験を滔々《とうとう》と語っていく。

「はぁ……」

松原はただ相槌《あいづち》を打つしかない。

その方面は門外漢としている松原は話題を変えようと経済に話を振った。

「……それにしましても、今の個人消費の盛況を見ると、日本はどんどん成長するでしょうね」

茂一はまたふうんという表情をした。

そして、手に持った盃を暫《しばら》く黙って見てから声を低くして呟《つぶや》いた。

「松原さん。ボクは経済は分からないんだ」

松原は驚いた。

どういう意味で言っているのか理解できない。

さらに驚くようなことを茂一は続けた。

「経営も分からない」

社長が口にする言葉ではない。

「…………」

松原は絶句して茂一を見詰めた。

茂一は手酌で酒を注《つ》いだ盃をクイと空けてからきっぱりと言った。

「分かろうとも、思わない」

松原はそういう茂一のことを考えた。

ただの馬鹿がそう言っているのではない。

紀伊國屋書店の創業社長なのだ。

恰好《かっこう》つけの自嘲《じちょう》で馬鹿を装っているのとも違うと松原は思った。

「この人は頭が良い」

話の上手さは頭の回転の良さを示している。

迂闊《うかつ》な相槌は打てないなと松原は思った。

ではどうやってこれまで書店の経営をしてこられたのですか、と松原が訊《き》こうとする前に茂一は言った。

「ボクはやりたいことをやって来た。やりたいようにやって来た。二十一歳で本屋を始めて二十三年……ずっと、そうだった」

そう言って茂一はアッと気がついた。

「あぁ、そうか。人生の半分は紀伊國屋書店ということになるなぁ……」

茂一は遠いところを見るような表情になった。

松原はその茂一の表情を黙って見詰めた。

やがて茂一はニッコリと笑顔になって言った。

「ボクは経済も経営も分からないし、分かろうとも思わない。女性を通じて社会を理解する。それがボクのライフワークなんだよ」

真剣な表情でそう言う茂一に松原は訊《たず》ねた。

「では書店は、紀伊國屋書店は田辺社長にとって何なのですか？」

茂一は何とも嬉《うれ》しそうな表情になった。

「松原さん。ボクは本屋が好きなんだ。本屋という景色が……」

「景色……ですか？」

茂一は頷いた。

「そう、本屋の景色。十歳の時に見た丸善の洋書の棚の景色。そして、紀伊國屋書店の景色。それが僕の好きなものなんだ」

その言葉で松原は戦前、一度だけ訪れた紀伊國屋書店のことを思い出した。

瀟洒で知的な落ち着きを持つ大人の空間が目に浮かんだ。

あの空間と田辺茂一という存在……。

その時だった。

「アッ！」

松原は気がついた。

なぜ茂一を見て懐かしいと感じたのかが分かったのだ。

「鯨《くじら》だ」

少年の日に見た漢江に迷い込んだ鯨。

松原が助け、その恩返しに松原の命を守ってくれたと思っている鯨。

松原の心の中に棲《す》み続けている鯨だ。

茂一の風貌が松原に鯨を思わせていたのだ。

「俺の目の前にいるのは、あの鯨か」

松原はそう思って茂一を見た。

天衣無縫で嘘《うそ》のない生き方。

「経済や経営が分からないというのは本当だろう。そして、利益や蓄財への欲がない」

だから度量が広く腹は据わっているのだと思った。

鯨のように酒を飲みながら茂一は言った。

「好きなんだよ。本屋が」

もう一度そう言ってニッコリ微笑《ほほえ》んだ。

松原は天命のようなものを感じた。

「この人を支えていく」

そう強く思っていた。

松原は言った。

「私もその本屋で、紀伊國屋書店で命を賭《と》して本を売らせて頂きます」

そして、深々と頭を下げた。

茂一はそれを見て強い調子で言った。

「そうそう、それでこそ男子の本懐に殉じるってもんだ」

松原はエッという表情になって顔を上げた。

茂一は笑っている。

「男子の本かい……本買い、ってことだよ」

駄洒落《だじゃれ》だ。松原は大声で笑った。

田辺茂一、四十五歳。

松原治、三十二歳。

ほぼ一回り年齢の違う男同士の二人三脚がこうして始まった。

◇

松原は紀伊國屋書店に財務と営業を担当する部長として入社した。

数字の強さは陸軍経理学校や糧秣課長の経験を積んで筋金入りだ。

営業も日本塩業でしっかりとした実績を挙げている。

本を売るのも塩を売るのも営業の本質に違いはないと松原は思っていた。

松原はまず紀伊國屋書店の財務諸表を丹念に見ていった。

資本金三百万円、年商九千二百万円、経常利益は百八十五万円……社員数六十名強。

そして、松原は他の書店を回って紀伊國屋書店との違いを確認した。

「どこの書店も判で押したように売り場面積は二十五坪……それが適正な利益を得られる規模だとされている」

しかし、紀伊國屋書店はその六倍の百五十坪ある。

「戦前から紀伊國屋書店は売り場が特別大きいとされていたが、今の店舗は更にその倍になっている」

だが、その店舗に問題があった。

「何でこんなことになってるんだ？」

斬新《ざんしん》で魅力的な店舗だが、新宿通りの道路からだいぶ奥まったところに建っている。

そして、道路際には何故《なぜ》か犬屋などの店舗が大きく二列に並んでいて、客は入りづらくてしかたがない。

「せっかくの立派な店舗なのに、これではちゃんと客の流れができないじゃないか……」

松原は茂一にそのことを訊ねた。

「それねぇ……ボクもドンと新宿通りに面して建てたかったのは、やまやまなんだよ」

どうも歯切れが悪い。

松原がさらに訊ねると茂一は言った。

「大株主の意向なんだ」

「大株主？」

松原は直ぐに株主名簿を調べた。

「エッ?!」

驚いた。

創業社長の茂一とその一族が大半を占めているだろうと思った紀伊國屋書店の株主のほとんどが、縁もゆかりもない人間なのだ。

そのことを茂一に訊ねた。

「不法占拠の処理のカネを……株で?」

茂一は戦後の新宿駅近辺の不法占拠者を立ち退かせるため、株を発行してカネを作った結果なのだと言う。

「それで大株主になった不動産屋たちが新宿通りに面したウチの土地を貸して欲しいと言って来たんだ。株を引き受けて貰った恩もあるから……逆らえなくてね」

松原は土地の賃貸契約書を見た。

「これは……」

嫌な汗が流れた。

そこには一等地をタダのような賃料で三十年に亘《わた》り賃貸する旨が記されていたのだ。

茂一は何も分かっていなかったのだ。

それは形を変えた不法占拠だった。

「これは……紀伊國屋書店の経営の問題になり続けるぞ」

松原は苦い顔をした。

せっかくの素晴らしい店舗を十分な集客に活用できない。

しかも、その矢先に株を巡って大変な問題が起きてしまう。


茂一はその日も飲みに出た。

飲み屋街であるハーモニカ横丁廻《めぐ》りの皮きりとなる『五十鈴』で女将《おかみ》の酌で飲んでいた。

『五十鈴』は新宿駅東口の焼け跡にいち早く復興した店で、最初の頃はバラックで便所が近く、饐《す》えたような臭《にお》いもした。

女将が朝、店の戸を開けると、ドスに刺されたままの恰好で血まみれの男が倒れて死んでいたことがあった。

ヤクザの出入りが多かった頃で、深夜に花火のような拳銃《けんじゅう》の音で女将は何度となく目を覚ましたともいう。

その場所から今の新しい店になり、コの字型のカウンター席に色んな人が集まる。

劇場ムーラン裏でもあったので劇場関係の人間が多かった。

水上勉《みずかみつとむ》、森繁久彌《もりしげひさや》、中村勘三郎《なかむらかんざぶろう》、江戸川乱歩《えどがわらんぽ》などが来ていた。

女将が闊達《かったつ》で気っぷの良い女性なのでよく客が集まった。

聞くと満州辺りを渡り歩いていたということで度胸も相当なものだった。

「その倒れて死んでた若いヤクザのお腹《なか》のドスを抜いて、ちゃんと合掌させて、そのドスを守り刀のようにしてやってからわたし警察に連絡に行ったのよ」

茂一は話を聞いて笑った。

「自分を刺したドスを守り刀にされちゃあ、その死んだヤクザも浮かばれないね」

ある夜、酔ったその女将が茂一に言ったことがある。

「社長さん……わたし背中に彫り物があるのよ」

「ふぅん」

女将は付近一帯のマダムたちの元締格だったから、様々な情報が入る。

その女将が茂一に言ったのだ。

「社長さん。おかしなことを耳にしたのよ」

「何だい？」

まだ茂一の他に客はいなかった。

「それがね……紀伊國屋書店が乗っ取られるとかなんとかって物騒な話なのよ」

茂一は笑った。

「アハハ、紀伊國屋のミカン船は順風満帆、乗っ取られたりしないよ」

だが女将は顔を曇らせてさらに言った。

「なんでも株を買い占めている男がいるらしいのよ。紀伊國国屋書店の株を……」

「何っ?!」

さすがの茂一も株といわれてギクッとなった。

それから数日後。

茂一を訪ねてある匿名の人物の代理人という弁護士が現れた。

茂一は社長室に通し、松原も呼んで同席させた。

弁護士は書類を見せた。

聞いたことのない会社名義で保有された紀伊國屋書店の株数を記した公正証書だ。

過半数を超えている。

「全て既存の株主の皆様からお譲り頂いたものです。正当な株式譲渡契約の結果、このようになっております」

「こ、これは?!」

松原は唖然《あぜん》となった。

弁護士は眼鏡のレンズを光らせながら静かな口調でそう言った。

松原は腹を据えた。

「こうしていらっしゃったからには、何かご要望があるのでしょう？　お聞きします」

しかし、敵もさる者だった。

「いえ、今日はご挨拶に上がったまでです。これにて失礼致します」

そう言って出ていこうとした。

すると茂一が言った。

「挨拶なら弁護士じゃなくて本人が来るべきだろう。そんな失礼な株主じゃあ、ボクは何を言われても聞く耳を持たないよ」

茂一の言葉に弁護士は薄く笑った。

「その言葉、確かに先方に伝えます。では」

そう言って出ていった。

松原は一番恐れていたことが起こったと思った。

「株……紀伊國屋書店最大の弱点、それがもうこんなに早く突かれてしまった」

松原は、紀伊國屋書店の株主状況を知った時から株の買い戻しを茂一に進言し、実行に取り掛かろうとしていた矢先だったのだ。

「まずいことになりましたね」

松原がそう言って茂一を見て驚いた。

他人事《ひとごと》のように面白そうに笑っているのだ。

「ボクの人徳のなさだねぇ。まぁ、それにしても人はカネで簡単に動くってことだなぁ」

そう言って煙草《タバコ》に火を点《つ》けるとゆっくりと煙を吐き出した。

「でもさ、松原さん。カネでこうなったということは……カネで解決もつくってことだろう？」

茂一の言葉に松原はエッと思った。

全くその通りだ。

「じゃあ、それで行こうよ。君には苦労かけるけど……」

分かりましたと松原は頭を下げた。

そこからの松原は文字通りの奔走となった。

今ある現預金でなんとかなる話ではない。

非常勤監査役の亀井や大学の先輩を通じて銀行を紹介してもらい、買い取りのための資金の確保に動いた。

そして、大まかに金額の目途をつけると先方に直接会いに行くことにした。

「紀伊國屋書店を乗っ取っても、ちゃんと経営が出来ないことは分かっている筈《はず》だ。高値で株を買い取らせるのが目的なのは明白なんだ」

松原は先方から赤坂の料亭に呼ばれた。

その前日。

「社長は同席なさらないほうが良いと思います。まずは私が相手を確かめて要求を聞いて来ます」

そう告げる松原に茂一は面白くなさそうな目をして言った。

「飲みながら話そうか……」

新宿では話しづらいと、二人は銀座に出た。

数寄屋橋近くの小料理屋で松原は金策の内容について詳しく語った。

銚子が十本以上、空になっていた。

「ですがこれで……今現在集められる金額で、先方が呑むとは到底思えません。どんな要求にしろ、厳しいことになるのは覚悟して下さい」

茂一は黙ってじっと盃を眺めている。

そして、何とも情けない表情になって呟いた。

「すまんね。経営のことを分からない社長を持ったばっかりに……」

今度の件で初めて洩らした弱音だった。

松原はその茂一にグッとなった。

「いえ、私がもっと早く株のことに気がついて動いていたら、こんなことには……」

二人は押し黙ったまま酔えない酒を飲み続けた。

その後、バーを二軒梯子《はしご》し、千鳥足となった二人は泰明小学校の前まで来た。

「?」

茂一がフラフラと校庭に入っていく。

「社長!　どちらへ?」

そのまま茂一は真っ暗な闇の校舎の方に向かっていく。

目が慣れてくると砂場とブランコがあることが分かった。

茂一はそのブランコに腰を下ろした。

松原も隣のブランコに並んで座った。

「…………」

暫く二つのブランコの軋む音だけが響いた。

「……紀伊國屋書店は取られてしまうかもしれないんだね」

茂一が寂しげに呟いた。

「松原さんはどうする？　もし、そうなったら？」

松原は何も答えなかった。

そんなことはありません。大丈夫です。と言いたいがどう考えても難しい。

何も言わない松原に代わって茂一が言った。

「ボクはどうなるのかなぁ……本屋以外、やったことないもんなぁ」

迷子になった子供が泣きながら言っているように聞こえた。

松原は力を振り絞って言った。

「兎《と》に角《かく》、先方の要求を私がしっかり聞いて来ます。そこからまた考えましょう」

暫くして茂一がブランコから降りた。

松原も立ちあがった。

茂一は松原に真っ直ぐ向いて言った。

「松原さん。ボクも一緒に行くよ。これで紀伊國屋がお終いならお終いで、自分で納得したいんだ」

その声はどこか吹っ切れたように聞こえた。

そして、強い口調で言った。

「ボクの会社、ボクの本屋だからね」

茂一も腹を据えた。

こうして、二人は翌日、赤坂に出掛けた。

料亭の一番奥にある座敷に二人は通された。

待っていたのは弁護士だけで、まだその人物は来ていなかった。

「なんだい。勿体《もったい》つけるじゃないか」

茂一がそう言った。

弁護士は何も言わず薄く笑ったままだ。

「………」

襖《ふすま》が開いてお待たせしたと言いながら男が入って来た。

松原はアッと思った。

「この男だったのか……」

大陸で陸軍の特務機関を指揮した黒幕的人物だ。満鉄調査部だった松原は顔を知っていた。

「せっかちな男だな」

男の様子に松原は思った。

挨拶もそこそこに弁護士を促してさっさと本題に入らせようとするのだ。

「あんたねぇ……」

茂一が言った。

「どこの誰か知らないが、まず酒のやり取りぐらいはしようや」

男はじっと茂一を睨《にら》んだ。

俺が怖くないのかといった風だった。

そこで松原が言った。

「私も陸軍におりました。お噂《うわさ》はかねがね……」

ほうという顔をして男は松原に陸軍での経歴を訊ねた。

そこから空気が変わった。

二三度盃のやり取りをしていると男の秘書らしい男が入って来た。

男に耳打ちすると二人は出ていった。

暫くすると秘書だけが戻って来た。

「先生は急用で出られました。あとは皆さんでよろしくとのことです」

その言葉に茂一が憮然《ぶぜん》として立ちあがった。

「松原さん、帰ろう」

松原も従った。

自宅に戻ってラジオを聴いた松原は驚いた。

朝鮮戦争の勃発《ぼっぱつ》だった。


それから数日後。

弁護士から連絡が入り、松原との間で話が進められることになった。

弁護士は言った。

「先生は松原さんの天津でのお働きをお知りになって、大変感銘を受けたとおっしゃっておいでです。松原さんのお顔を立て、この件は出来るだけ穏便に済ませるようにとのことです」

「そうですか」

松原は面白くもなかったが、助かったとは思った。

先方が朝鮮戦争絡みの工作に使うために、カネの回収を急いだというのが本音だろうと、松原は読んだ。

こうして株は先方の買値の一割上で全て買い戻すことが決まった。

松原は茂一に報告した。

「それを今度は社長や社長の親族の方々、信頼できる取引先、そして銀行に持って貰うことにします。それならばもう株で問題は起こりません」

「ありがとう。これで酒が旨《うま》く飲める」

茂一はニッコリ笑って立ちあがった。

そして、さっさと夜の新宿に消えて行くのだった。

◇

朝鮮戦争が始まるとそれまでとは世の中の雰囲気が一変した。

警察予備隊（後の自衛隊）が創設され、きな臭さに不安感が広がっていくと、それまで隆盛を誇っていた左翼系出版物はぱったり売れなくなった。

「世の中の流れと本の流れはこんなにも一致するのか……」

松原は感心した。

今度は戦記ものが飛ぶように売れるのだ。

世情不安にも拘《かか》わらず紀伊國屋書店への来店客数が落ちることはなかった。

しかし、松原には店舗販売だけに頼る商売に不安があった。

紀伊國屋書店に立ち寄るのは、中央線や山手線の沿線の住人か近隣に職場がある人だけで、それ以外は家の近所の本屋を利用する。

「立地条件に左右される商売では将来性がないぞ」

そこから帝大出身の松原ならではの発想が生まれた。

松原の周囲の人間、インテリたちの向学心には目を見張るものがあった。

科学技術をはじめ、戦争で広がった欧米との格差を一刻も早く解消したいと考える大勢の学者や技術者、学生たちがいるのだ。

そんな人たちが直ぐにでも手に入れて読みたいと思っているのが洋書だった。

「それを一気に扱おう」

折しも民間での洋書輸入が解禁となった。

昭和二十六年、松原はそれまでの洋書課を洋書部に格上げして本格的な洋書販売に取り組む。

「洋書は立地に関係なく全国的商売になる」

日本塩業時代に日本中で塩を売りまくった松原にとって〝全国〟という言葉は特別に響く。

松原は部下たちに言った。

「まず全国販売ということを頭に置こう。そのためにどんな戦略が必要かを考えながら動いてくれ」

そして、松原は言った。

「販売の戦略拠点はまず大学だ。主要大学のそれぞれの学部でどんな洋書が必要とされているかを調べよう」

松原は母校、東京大学法学部をあたった。

「なるほど……」

英米法の教授と話すと大きな需要があることが分かった。

英米法は判例中心主義だが、戦時中の判例集は戦争が終わるまで購入することが出来なかったのだ。

「今すぐにでも入手しないと研究も授業も出来ないのが実状なんです」

しかし、さらに聞くと大きな問題があることが分かった。

「カネがないんです」

大学に図書を購入する予算がほとんどない。

「いつつくか分からない国の予算などあてにしていては商売にならないぞ」

その時、ふと茂一の言葉を思い出した。

「カネの問題ならカネで解決がつくんじゃないの……」

松原は一計を案じた。

「カネを集めればいいんだ」

東大のOBに寄付を呼びかけることを思いつく。

「まず隗《かい》より始めよ、だ」

松原は卒業生のひとりとして父親から相続した財産の一部を大学に寄付した。

そして、先輩後輩のOBたちに寄付をお願いして回り、寄付そのものを運動化していった。

これが予想以上にカネを集めた。

「よし！　このやり方を全国の大学に広げるんだ」

このように〝洋書の紀伊國屋書店〟となるための大学拠点戦略は進んでいった。

その後は既存大学への予算もつき始め、新たな大学が創られ始めた。

戦前は理系しかなかった大学が文系を新設し、私立を含めて全国で四年制大学が増えていく。

このため若い研究者の採用が増え、洋書の需要が一気に高まった。

「やはり拠点があると流れに乗れる」

〝洋書の紀伊國屋書店〟は大忙しとなった。

当時、外貨は割当制だった。

洋書の注文をもらうと通産省を経由してGHQに申請を行う。

それが通ると外為専門銀行である東京銀行へ行って外貨の割り当てをもらう。

一ドルは三百六十円の固定レートだ。

それを先方の国へ送金すると二ヶ月か三ヶ月で本は届いた。

「さぁ、来たぞぉ！」

木箱で本が届くと松原は若い社員たちと手分けしてリュックに詰め込んだり、風呂敷《ふろしき》に包んだりしていく。

「行って来ます！」

それを持って皆、大学に届けて歩くのだ。

リュックは肩に食い込み、風呂敷の重みで両腕が抜けそうになる。

それでも皆、嬉々《きき》としていた。

「皆さん、本を渡すと凄《すご》く喜ばれるんです。あの顔を見られると思うと、本の重みが逆に嬉しく感じるんです」

社員たちが笑顔でそう言うのを聞いて、松原は本屋になって本当に良かったと思った。

地方にある大学には新宿駅から小荷物で送る。

「紀伊國屋さんの扱いは、毎月毎月うなぎ登りに増えていきますね」

小荷物の窓口の係の人間にそう言われて嬉しくなった。

こうして洋書販売は凄い勢いとなっていく。

「これでは間に合わなくなるぞ」

人手が足りなくなってきたことに松原は嬉しい悲鳴をあげた。

洋書という分野は新たな人材を必要とする。

英語、ドイツ語、フランス語が読めないと話にならない。

タイプライターも打てた方がいい。

松原は茂一に相談した。

「大卒を採りたいのですが……」

茂一は頷いて言った。

「そうしなよ。ウチは戦前も大卒を採用していたんだ。それも女子大。みんな男に負けない仕事をする。仕事に男女の差はないよ」

紀伊國屋書店は昔から人材の登用も斬新だったのだ。

こうして大卒の定期採用が始まった。

東京女子大や津田塾大学の卒業生なども次々採用した。

こうして紀伊國屋書店の洋書体制はどこよりも強固なものになっていく。

そして、店頭営業でも女性社員は活躍した。

「こうすればもっとお客さんは喜ぶのではないでしょうか?」

彼女たちは積極的に提案する。

そうやって店内に出来たのが『読書案内』だった。

入口からすぐの場所に丸いブースを設置し、中に担当を置いたのだ。

本に関する相談係だった。

「こういうことが知りたいんだが……」

「こんな本はありますか？」

そんなお客の相談に応じるのだ。

本好きで入社した社員たちは凄い知識と知的貪欲《どんよく》さを備えている。

岩波文庫の担当になると全部覚える。

迅速かつ的確に社員たちはお客の要望に応《こた》えていく。

「本屋としてやるべきことは全てやる」

それが紀伊國屋書店の社員全員の店頭でのあり方になっていった。

お客の評価もどんどん上がっていく。

店頭売上は順調に伸びていった。

そして、松原の仕掛けた洋書販売は大きく飛躍する。

昭和二十六年の売上高は和書が九千万円に対して洋書が六千二百万円。

翌年三月、洋書の自動承認制による輸入が認められると完全な売り手市場になった。

「やったぞ！　戦略が当たった！」

この年、洋書売上高は和書を上回り、一億二千万円を記録した。

◇

紀伊國屋書店の二階、洋書部の事務室の奥に小さな階段がある。
ギシギシと音を立てながらそこを上がると通称『三階』になる。
そこには、経理部と役員室、社長室がある。
茂一は社長室で松原からの朝の報告を聞いていた。
いつも十時を過ぎた頃に茂一は出社する。
すると直ぐ松原がやって来て、十五分から三十分、様々なことを報告する。
「銀行と営業資金の交渉をしています」
「洋書の先週の売上はこれだけになっています」
松原は茂一への報告、連絡、相談を怠らない。
それに対する茂一の質問は的を射ていた。
「社長は頭が良い」
現場に全くタッチしていないのに数字を聞いただけで問題点を指摘して来る。
松原は報告に際していつも万全の準備で臨んでいた。
松原からの報告が終わると今度は茂一が〝営業報告〟をする。
前夜どこで誰と何をしていたという話だ。
銀座、赤坂、六本木で飲んだ話が殆《ほとん》どだった。
それも逐一、詳細に話すのだ。
文壇や出版社との付き合いや冠婚葬祭など対外的なことは全て茂一がやっていた。

「パーティーの後で寿司屋《すしや》に行ったら隣にやたら良い女がいたんだ。それで口説いてたんだが……出てくる握りにやたらとサビが入ってて食えたもんじゃない。板前がその女と出来てたんだよ」

松原は思わず笑ってしまう。

それから二人で昼食を食べに出る。

『銀八』『舟橋屋』『中村屋』などが行きつけだった。

食べ終えると松原は仕事に戻り、茂一は午睡をする。

「ボクはラテン系、スペインの血が入っているからシエスタが必要なんだよ」

そう冗談を言った。

四時ごろまで眠るのが習慣だった。

「あれだけ飲んでいれば、そうでないと体がもたない」

前夜の報告を詳細に聞いている松原は納得出来ていた。

茂一のハシゴ酒は並外れている。

松原も何度か付き合ったが四、五軒は当たり前、多い時は七、八軒に及ぶ。

そんな夜の街で茂一を知らない人はいなかった。

「よぉ、紀伊國屋文左衛門！」

いきつけのバーの客に冷やかしで絡まれても、茂一は面白くなさそうな表情をするだけだ。

相手は貫禄《かんろく》負けして何も言えない。

いつしか、茂一には『夜の市長』という称号が与えられていた。茂一と松原は、紀伊國屋書店の〝業務〟の夜と昼を分担しながら、奇妙な二人三脚で走っていたのだ。


「茂一っちゃん。良い娘《こ》みつけたよ」

新宿の小料理屋で一緒に飲んでいた作家の友人がそう言う。

「背が高くて眉《まゆ》が濃くて胸の張った……茂一っちゃん好み」

茂一の耳がピクリと動く。

「何処《どこ》でだい？」

「二丁目の娼館《しょうかん》だよ」

茂一は意地悪な目をして訊ねた。

「まさか、もう済んでんじゃないだろうね？」

「違うさ。この間、喫茶店に音楽を聴きに入ったら、あんまり茂一っちゃん好みの女がいるから名前を聞いておいてやったんだよ」

持つべきものは友達だ。

「よし、じゃあ、案内して貰おう」

「そうこなくっちゃ」

二丁目の店に行って訊ねてみるとその女性はいるという。

「じゃあ、今日はここで別れよう」

「エッ！　俺は案内だけかい？」

「君と同じ屋根の下で女を抱くのは嫌だよ」

友人には入口で帰って貰った。

「お待たせしました」

五尺四寸、伸びた肢体、骨盤のしっかりした白い身体、髪はヘップバーンカットだ。

「ほう……」

部屋は異国風の設《しつら》えだった。

身体を合わせた結果は……悪くはなかったが、通い詰めるというほどでもない。

グッと来ないのだ。

「……気分を変えよう」

早々に二丁目を引きあげ、二幸裏柳街の『樽平《たるへい》』で銚子を二本空けたところで茂一はふと考えた。

「…………」

自分の人生、女性のこと。

「あの結婚がなかったら……ボクの人生は違っていただろうな」

結婚した女が般若《はんにゃ》となって毎日迫って来た怖《おそろ》しさを茂一は思い出した。

ブルッと胴震いが来る。

「ボクが殺されるか、女房が死ぬか……あんな生活は二度とごめんだ」

茂一は結婚していた期間の自分の人生は消失したものと思っている。

何一つ思い出したくない。

もう絶対に妻帯はしないと決めている。

女将が銚子を差し出して、茂一は受けながら言った。

「女性はレディメード・イージーオーダーがいいね」

「社長さん、何おっしゃってるの？」

「いや、独り言。こうやって今夜もここで飲めるのが良いって意味だよ」

「あら、嬉しいわ」

そして、ふうとため息をついた。

「気軽がいいんだ。未練なく捨て、未練なく買えば良い」

すると自嘲の笑いが起こる。

「安物買いの銭失い、大いに結構じゃないか」

それは茂一の諦念《ていねん》だった。

その諦念の奥には深い悔恨がある。

「ボクは身を灼《や》き、身を賭《か》ける恋が出来ない」

そして、さらに思う。

「本当の悲しさも本当の悦《よろこ》びも知ることの出来ない男なんだ」

〝観《み》える〟という男がこう茂一に告げた。

「四千の怨霊《おんりょう》が、ムンズとお前の襟首をつかんでいる」

「そうかい」

「だからお前は成仏できん」

「そりゃあ良いや。女地獄で楽しめる」

茂一はそれを思い出して笑った。

「成仏できない……世は無常」

そこまで考えて今自分が思っていることは嘘かもしれないと考えた。

茂一は観念が嫌いだった。

「一度の結婚に懲りてもう女と真剣に向き合わないなんて、観念じゃないのか？」

そう疑問に思う。

茂一は新しく出された銚子の酒を盃ではなく全部コップにあけた。

それをグッと飲むとふうと息を吐いた。

「先のことは分からない。あるがまま、そして、ないがまま……それでいい」

己の分をわきまえるなどという心根は茂一にはない。

「やりたいことをやる。やりたいようにやる」

茂一は店を替えようと立ちあがった。

『樽平』を出て西武線終点前にある割烹《かっぽう》、『芙蓉会館』へ向かう。

豪華な玄関でひとりでは入りづらいが、薫《かおる》という女性がいる。

小柄だが、小股《こまた》のきれあがり具合が茂一の好みだ。

「いらっしゃいまし。社長さんおひとり?」

「あぁ、薫ちゃんと差しつ差されつ、しっぽりと飲みたくてね」

「嬉しいわ。ゆっくりしてらして」

以前、ここでの宴会の終わりに茂一が「ダンス」と称して抱きついたら、薫の胸と腰が茂一の肥満型の身体にピタッと吸いついた。

「あの感触が良かったんだよ」

好きな空間、好きな感触……観念嫌いの茂一はどこまでも実存の世界に生きている。

奥の間で、薫の三味線に合せて茂一は小唄《こうた》を唄った。

「お互いにぃ♪……知れぬが花よ♪　世間の人にぃ……」

そして、薫の細いうなじの辺りを舐《な》めるように見つめてから銚子を空けた。

「今日は帰るよ」

「あら、お早いのね。また、いらして」

薫に送られて表に出た。

再び柳街に戻って、パチンコ屋の横丁にある酒場『リオ』に入った。

「いらっしゃいませぇ!」

一斉に声があがる。

そこは、頑丈な体つきをした年増の千代《ちよ》ちゃん、イタリア映画に出て来そうな秋子《あきこ》、お嬢さん風の和子《かずこ》の三人がいる店だ。

気の多い茂一は最初は物分かりの良い千代ちゃん、次は秋子、最近では和子に傾いている。

「ジンフィーズ」

いつものように注文する。

「和子ちゃんはまだ処女を貫いてるの？」

「ふふ、社長さんならお分かりになるでしょ？」

「うん。ちゃんと頑張って貫いてるね」

「アハハ、頑張っていうのが面白いわね」

舐めるようにカクテルを飲みながら、和子と他愛《たわい》のないお喋《しゃべ》りをした。

「…………」

茂一は思い出した。

この店で一時過ぎまで飲んで電車のなくなった和子をクルマで送ったことがある。

目黒の茂一と方向が同じだからだ。

和子の家は大森馬込の第二京浜国道の、石垣を這《は》い上がった、だいぶ奥にあった。

「どうもありがとう」

そう言い置いてクルマを降り、真っ暗な夜道を歩いていく和子の後姿に、けなげな女性の、生活への挑みを見たように思えて胸が詰まり、涙ぐんだのだ。

店が混んできた。

「それじゃ」

常連の仁義で茂一は表に出た。

次は、五、六間さきの隅にある酒場『ヌーボー』の客になった。

「いらっしゃいまし」

古くからの新宿の消息通のマダムと八丈島の生まれで志村立美《しむらたつみ》画伯のモデルにもなったことがある、ひさ子がいる。

漆黒の髪の凜《りん》とした風情が良く、夏近く、単衣絣《ひとえがすり》の時など一層冴《さ》えている。

「家庭にいれてもいい女性だな」

ビールを飲みながら茂一は思う。

それを口にした。

「ママ、ボクと結婚しない？　真剣に言ってるんだよ」

「社長さん、本気にしますよ」

「本気にしてよ。きっとだよ」

ひさ子は微笑んだまま黙っている。

「じゃあ、また」

そこを出て、『チロル』の手前にある階段を上がると『コテイ』がある。

狭い酒場だがジェーン・ラッセルばりのグラマーが三、四人いる。

茂一はおつまみ代わりに彼女たちの胸や腰の辺りを眺めていく。

「良いもんだな……」

そうして酔眼を深くした茂一は最後にロマンス小路の飲み屋『いづみ』に寄る。

マダムは古くからの馴染《なじ》みで函館《はこだて》の出身、肌が美しい。

ここでは作家の友人たちと会う機会も多い。

色んな人物が揮毫《きごう》した色紙が鋲《びょう》でとめてある。

初情忘れず　舟橋聖一
女とは血の濃きものよ明けやすき　田村泰次郎《たむらたいじろう》

…………


茂一がぼうっとした顔で改めて色紙を眺めているとマダムが言った。

「今夜は角川《かどかわ》さんがいらしてらしたのよ」

茂一の顔がパッと明るくなった。

「そうか……彼が」

そして、自分の〝営業活動〟の予定を思い出した。

「今週は角川書店と〝会議〟があったな」

嬉しそうな顔でそう呟いた。

そして、色紙の一枚を眺めた。

花あれば西行の日と思ふべし　　角川源義《げんよし》

第五章　発展への兵士たち

松原は朝の報告を茂一にしていた。

ただ、茂一の様子がいつもと違う。

どこかそわそわと腰が落ち着かない。

「あぁ、今日は角川文庫の着く日だったな」

角川文庫……角川書店。

戦前は中学の教師をしていた角川源義という男が興した出版社だった。

会社は富士見《ふじみ》町にあって、社長である角川自らが本を運んで来る。

午後二時、頑丈な自転車の荷台に戸板を括《くく》りつけ、そこに文庫本を積めるだけ積んだ角川が大汗をかきながらやって来た。

「やぁやぁ」

そう言いながら嬉《うれ》しそうに入口まで出迎えるのが茂一だ。

普通、本は書店の方から出版社まで仕入れに出向くものだが、角川書店は配達に来てくれる。

それも社長直々に……それには訳がある。

「どうも、田辺社長」

汗を拭《ふ》きながら角川が茂一に挨拶《あいさつ》する。

その様子がどこか湯上りのようで爽《さわ》やかだ。

「角川さん、ご苦労さんだね」

茂一がにこやかにそう言って荷物を下ろすのを手伝う。

そんな光景はこの時しか見られない。

はた目にも茂一が角川を特別気に入っているのが分かる。

その第一の理由は角川が博士号を持つインテリながら、明るく爽快《そうかい》な雰囲気を持つことだった。

〝茂一好み〟の洒脱《しゃだつ》な男だったのだ。

国文学に深い造詣《ぞうけい》を持ち、学者にもなれる男が出版業を始めた。

まだ数人の出版社だが茂一は目を掛け肩入れしていた。

それにはもう一つの理由があった。

「まだなの……」

角川が松原との間で伝票のやり取りを終えるのを今や遅しと茂一が横で待っている。

終わると見るや、

「じゃあ、角川さん。社長室で〝会議〟を」

そう言って角川を引っ張るようにして『三階』に向かうのだ。

それを松原は笑顔で見送る。

松原と角川は同い年だった。

角川の出版人としての能力を松原は高く評価していた。

その角川を茂一が引っ張っていく理由。

それは、将棋だった。

二人で将棋を指すのだ。

茂一は子供の頃から将棋が好きで強かった。

薪炭《しんたん》問屋、紀伊國屋の小僧や中僧を相手に幼い頃に覚えた。

普段は店の奥で、夏場などは新宿通りに縁台を出して指した。

ある時、薪炭の業界紙の記者が来て、将棋を指している茂一を見て馬鹿にしたような調子で言った。

「坊ちゃん。分かるのかい？」

茂一は意地悪な目を記者に向けた。

「おじさん。教えてやろうか？」

記者は驚いた。

直《す》ぐに二人は一戦交えた。

すると……茂一が勝った。

それが業界紙に載ったのだ。

「七歳の神童……」

その茂一が中年となった。

「なるほどぉ……そのまま将棋の世界に入っていたら、今頃は名人と肩を並べていたかもしれませんね」

角川が駒《こま》を進めてそう言う。

「どうだかねぇ。ボクは色んな神童だったんだ。百人一首も小学校をあがる前に全部覚えていた」

そう言って桂馬をあげて、成った。

「おっ！　そう来ますかぁ……」

角川が次の手を考えていると茂一が続けた。

「百人一首は良かったよ。かるたとりで興奮した若いおばたちが白い腕を見せたり体をよじったりして声をあげる。その肢体の乱れに、子供心にドキドキしたもんだ」

角川が笑った。

「なるほど、女の方も神童だったんですな」

そう言って歩を進め、と金に成った。

それを見てから茂一は言った。

「実際の女の方は二十歳過ぎだったが、耳敏《みみざと》い子供ではあったね。遊郭《ゆうかく》が近いから床屋に行って眠ったふりをしてると職人たちが色々話をする。床屋性談だね。それを全部聞いていたからね」

そんな風に社長室での将棋は進んだ。

角川も将棋好きで茂一の好敵手だった。

常に互角の戦いになる。

その日、第一局は終盤となり角川が押していた。

すると茂一が攪乱《かくらん》作戦に出た。

「角川さんとこの文庫ねぇ……」

その言葉で角川の手が止まった。

「どうしました？」

茂一は難しい顔をして黙っている。

角川にとって、目の前の相手は将棋仇《がたき》だが書店の社長であり、大事な取引先なのだ。

「売れ行きが悪いんですか？」

角川は真剣になって訊《たず》ねる。

茂一は何も言わず将棋盤を眺めるだけだ。

暫《しばら》くしてから茂一は意地悪な目をしてポツリと言う。

「そう……売れ行きがねぇ……」

角川の心は穏やかでなくなる。

角川は斬新《ざんしん》な商法で販売を伸ばしていた。

版権の切れた文学作品を次々と文庫化していったのだ。

角川文庫……一番最初に出されたのはドストエフスキーの『罪と罰』、B6判だった。

角川はその文庫のサイズを小さくすることを考えつく。

「誰もが持ち歩ける本、ズボンの尻ポケットにも入れられるようにして安く出せば、日本人の本への概念が変わるぞ！」

そうしてA6サイズにした文庫本を出すと、大変な売れ行きとなって文庫は一大ブームとなっていた。

紀伊國屋書店でも爆発的に売れていたのだ。

だが将棋に勝ちたい茂一は心理戦を続けた。

「落ちてますか？　売れ行きが？」

茂一はただ難しい顔をしている。

「いや……いいんだ。忘れて」

そして、暫く黙ってからおもむろに口を開く。

「角川さん……」

真剣な口調に角川はドキリとする。

「なんでしょう？」

茂一はなんともいえない目をして角川を見ながら言う。

「あなた、もてるねぇ」

「……はぁ？」

「いやぁ、どこへ行ってもあなたの話が出る。大したものだ」

角川は苦い顔をして訊ねる。

「いったいどこの誰がそんなことを言ってるんです？」

実際、角川は女性にもてた。

茂一はじっと将棋盤を睨《にら》んでいる。

「どこの誰……誰と言われてもねぇ」

そんな風に角川を追い込んでいく。

「王手」

「エッ?!」

いつの間にか角川は差し込まれてしまっていた。

「もう一番!!」

図らずも第一局を落とした角川がそう言う。

「ボクは今日、忙しいんだよねぇ……でも角川さんの頼みじゃあ、しょうがないね」

そんな風に二番三番と進んで行き、二時間、三時間があっという間に過ぎていく。

「今日の〝会議〟は終了ですか？」

社長室から出て来た二人に松原が声を掛けた。

「あぁ、今から〝第二次会議〟を行って来る」

そう言って二人は夜の街に消えるのだ。

「二人とも将棋は二段三段と自称しているが……本当のところはどうなのかなぁ」

松原は嬉しそうに並んで出ていく二人の背中を見ながら思っていた。

時代には強い追い風が吹いていた。

朝鮮戦争による特需で日本の経済復興は加速度がついてきていたのだ。

時代の風に乗って紀伊國屋書店も松原の入社以降、業績を伸ばしていた。

昭和二十六年から本格化した洋書の輸入販売は順調に拡大を続けた。

松原が手掛けたその洋書販売を梃子《てこ》に紀伊國屋書店はさらに大きな発展を見せる。

黄金の昭和三十年代がやって来るのだ。

◇

入社してから暫くの間、松原は総務から仕入れの仕事まで全《すべ》てをこなしていた。

「大事なのは会社の隅々まで知ることだ」

それはあの満鉄に入ってからの研修を通じて得たことだ。

「大陸の端から端まで見て回らされた。あのお陰で陸軍での糧秣《りょうまつ》業務をこなすことが出来た。まずは何もかもを自分の目で見ること。自分で体験してみることだ」

それはどんな仕事でも同じだと松原は思っている。

朝出社して九時ごろに自転車で新宿を出発する。

「フーッ」

九段の長い坂を気持ちよく下って神田にまで行く。

そして仕入れた本を荷台に積めるだけ積むのだ。

「大丈夫ですか？」

その量に出版社の人間が心配するほどだ。

「自転車は丈夫だから平気ですよ」

そう元気良く言うが帰りは大変だ。

「ウーッ!!」

本の重みで昇り道ではペダルをこがせない。

行きは天国だった九段の坂がまるで遮る壁のように見える。

自転車を降りフウフウ言いながら押している松原にそう声を掛けて来る男がいる。

「旦那、手伝おうか」

押し屋と呼ばれる人夫だ。

「いくらだい？」

「九段坂はきついからね。二十円貰《もら》うよ」

そうして二人で自転車を押して坂を昇りきると松原はカネを渡すのだ。

「また会ったら頼むよ」

汗を拭《ぬぐ》って松原が空を見ると青空が広がっている。

大陸で地雷に遭いトラックから放《ほう》り出された時のことを思い出した。

「良いものだな」

平和な時代のことだ。

こうやって自転車に乗っていても銃弾が飛んでくることも襲撃されることもない。

「単純に……平和とは良いものだ」

そして自分が日本にいることを思うとそれだけで嬉しく思える。

働くことがこのうえなく楽しい。

そうやって松原が紀伊國屋書店に入って五年が経《た》った。


昭和三十（一九五五）年、六月。

「時代が大きく変わるぞ」

松原は強く思った。

雑誌『文学界』に掲載された小説が大きな話題を呼んだ時のことだ。

一橋大学法学部在学中の学生、石原慎太郎《いしはらしんたろう》が書いた『太陽の季節』だ。

この作品が芥川賞を受賞すると戦後の若者たちの間で〝太陽族〟と呼ばれる風俗が大ブームとなる。

作者、石原慎太郎のＧＩカットのような短い髪形を〝慎太郎刈り〟と称して全国の若者たちが真似《まね》たのだ。

「若者の本が風俗を創《つく》る時代になった」

新宿の街を歩く〝慎太郎刈り〟の大群を見て松原は思った。

日本は好景気に沸いていた。

後に神武景気と呼ばれる朝鮮戦争特需と復興需要の相乗効果による、息の長い景気だった。

コメの生産量が平年の三割増し、史上最高となり、コメ不足時代が終わった。

「何だかホッとするな……」

糧秣課長の経験のある松原は、これでやっと戦争が終わったような気がした。

出版界はブームに次ぐブームになった。

新書ブーム、週刊誌ブーム、漫画ブーム……紀伊國屋書店で扱う出版点数が著しく増えていった。

岩波書店『広辞苑』、平凡社『世界大百科事典』が出版され、信じられないほど売れた。

そして、翌年の昭和三十一年、経済白書はこう宣言した。

「もはや『戦後』ではない」

国際収支は大幅な黒字を記録し、日本は高度経済成長への道を歩み始めていた。

出張で全国を回る度に松原は驚いた。

「ここにも建つのか……」

映画館、デパートの建築ブームだった。

個人消費というものが爆発しようとしていた。

ある朝、いつものように茂一への報告に社長室の扉を開けて松原は驚いた。

茂一の机の上が万国旗のような布の山になっている。

ニタニタ笑いながら茂一はそれを触っているのだが、松原には一体なんだか分からない。

「何ですか……それは？」

茂一はその中の一つ、白く見えるものを両手に持って見せた。

「！」

松原は驚いた。

女性の下着だった。

「これね。スキャンティーって言うんだ」

茂一の顔が透けて見える。

「エーッ！　そ、そんなものを女性が穿《は》くんですか？」

茂一は机の上のものを指さして言った。

「こっちは七色パンティー。これ全部、女性が作ったものなんだよ」

鴨居《かもい》羊子《ようこ》という大阪の女性がデザインし販売を始めていた。

そこで茂一は真面目《まじめ》な顔になって言った。

「松原さん、僕は女性を通して社会を知るのがライフワークだと言ったのを覚えているかい？」

松原は頷《うなず》いた。

「女性は凄《すご》いよ。普段は見えない自分たちの下着をこんな風に戦闘服のように身につけて、社会に挑戦しようとしている。自分自身を楽しませながらね」

茂一はそれを馴染《なじ》みのマダムや女性たちにプレゼントするのだという。

「時代は凄いことになるよ。紀伊國屋書店もそんな時代に向けて次元の違うことを考えた方がいいね」

松原はその茂一の言葉に深く頷いた。

「男は〝太陽族〟、そして、女は〝スキャンティー〟、そんな時代が来たんだ……何もかもが爆発的な勢いになっていくはずだ」

三十一年二月、『週刊新潮』が創刊された。

新潮社の名物編集者である斎藤十一《さいとうじゅういち》が俗物主義を基本にして世に出した週刊誌だった。

「聖人ぶっていても、一枚めくればカネ、女。それが人間なんだ」

あらゆる人間があらゆる方向へ凄いエネルギーを放つ時代、そのあらゆる面を暴き、描く週刊誌は続々創刊され、一大文化となっていく。

「本も雑誌も凄いことになる。出版産業は文化として途轍《とてつ》もない花を開かせるぞ」

松原は茂一の言った次元の違うことを考えようとした。

「待てよ……」

松原は思った。

それは茂一が昔からやって来たことなのだ。

茂一は好き勝手にやっていたが、それは全てその時代とは次元の違うもので、それが紀伊國屋書店という文化を創っていた。

そして、茂一は経営でも次元の違うことを戦後の早い時期からやっていた。

そのひとつが最高のレジスターを導入することだった。

世界の最先端製品であるアメリカのNCR社のレジスターを紀伊國屋書店に入れていた。

小売業者にとってそれは憧《あこが》れの的であり、扱う書店員たちも誇りに感じていた。

一流好みの茂一が導入したのは当然ではあったが、それは大きな副産物をもたらした。

NCRの日本法人である日本金銭登録機の社長、後藤達也《ごとうたつや》の提唱で出来た『フレンドナショナル』という会だ。

レジスターを買って使っているユーザーたちの集まりだった。

後藤は才人だった。

この会を小売業者のための啓蒙《けいもう》の会にしたのだ。

アメリカ、オハイオ州デイトンにあるNCR本社への参観、アメリカに次々に生まれる新型小売業、スーパーの見学などを海外旅行の珍しい時代に企画、会の経営者たちを率先して連れていくなどして、それまでとは次元の違うあり方で会員の育成に努めた。

そこから戦後の小売業をけん引する人材が生まれていった。

丸井の青井忠治《あおいちゅうじ》、赤札堂の小泉一兵衛《こいずみいちべえ》、イワキ眼鏡の岩城二郎《いわきじろう》、不二家の藤井和郎《ふじいかずろう》、コロンバンの門倉国輝《かどくらくにてる》、鈴屋の鈴木義男《すずきよしお》……。

茂一もこの会への参加で人脈を広げ、様々な知識を得ていた。

それは朝の松原との話でどんどん披露され、松原も吸収していく。

それが紀伊國屋書店経営の無形資産となっていった。

「兎《と》に角《かく》、アメリカの小売業は規模が大きい。日本の数十倍はある。その売上規模を利用してどんどん仕入れを安く有利に進めるんだ」

「日本では考えられないですね。モノ作り重視、メーカーの立場が強くて……」

「そうだね。でも、いつか日本の小売もアメリカを真似る時が来るよ。きっと日本にもスーパーのような大規模な小売店舗が登場して来る。そうなると本屋もあり方が変わるだろうね」

「それを見据えておかないといけないかもしれませんね」

茂一と松原、奇妙な二人三脚は昭和三十年代に大きな発展を見せる。

そしてそこには、発展を支える紀伊國屋書店の兵士たちがいた。

◇

全国での洋書販売という営業戦略は、各々の地での物理的営業拠点を必要とするようになった。

大学や研究機関の数が増え予算も充実したことで、洋書だけでなく学術書などの需要も飛躍的に高まっていたからだ。

東京からの出張ではとても間に合わない。

「この大きな流れに確実に乗るんだ」

松原は、大きなビジネスの成功は細かな顧客の要求に応《こた》えてこそだと考えている。

「本屋という商売は一冊一冊、全く違う本を売ることで成り立っているんだ。一冊一冊へのお客様の要望、それを我々が知って応えてこその商売なんだ」

紀伊國屋書店は昭和三十年になっても店舗は東京以外になかった。

「全国規模で営業所を創る」

松原はそう決めた。

「すると……色んなところに行って飲めるね。フフフ」

茂一に相談すると嬉しそうだ。

こうして、昭和三十一年に大阪、三十二年には札幌、仙台、広島、福岡、さらに三十四年に京都、三十五年には富山……。

そして、以前から駐在員事務所を置いていた札幌を営業所に格上げした。

それらを拠点に営業の社員が大学や研究所を回って需要を開拓するのだ。

「人材が育ってきていて、助かった」

松原はこの時にそう思った。

昭和二十六年からの大卒の定期採用が効いていた。

その中にピカ一の男がいた。

富山の生まれで早稲田を出た吉枝喜久保《よしえだきくほ》だった。

凄い勢いで顧客を増やしていく。

「君は一体、どうやっているんだ？」

吉枝はニヤリと笑った。

「全ては情報ですよ。受ける情報、攻める情報……それをちゃんと把握していれば自ずと商売になります」

松原にはすぐ呑《の》み込めない。

「情報はどう使うんだい？」

「使うというより、生かすんです。情報は細分化してこそ生きる。大雑把な情報は百害あって一利なしですよ」

そして、松原は吉枝の次の言葉に唸《うな》った。

「蟻《あり》の一穴が大きな商売をもたらすことがあります」

そう言ってある物を見せた。

それは吉枝が〝顧客カード〟と呼ぶものだった。

大学や研究所を回って顧客となった人、潜在的な顧客、一人一人のカードだ。

どんな洋書や学術書を買ったか、そして興味を持っているかだけではなく、その人物の出身学校、家族構成、趣味嗜好《しこう》……知る限りの情報が網羅してある。

松原は驚いた。

「これは凄い！」

吉枝はそれをフルに活用している話を披露した。

「おめでとうございます。奥様にどうぞこれを読んで頂いて下さい」

そう言って、顧客の妻の誕生日には女性が喜びそうな本をプレゼントする。

同じように顧客の妻が妊娠したと知ると評判の育児書をプレゼントする。

本人ではなくその妻へのさりげない贈り物は、相手は絶対に断らないし喜ぶ。

「将を射んと欲すれば先《ま》ず馬を射よ、です」

そう語る吉枝に松原は感心した。

吉枝はそのようにどんどん顧客の心を摑《つか》んでいく。

その吉枝に松原は言った。

「吉枝君。君、ウチの全営業の先生になってくれないか？　『吉枝学校』を開いて欲しいんだ」

吉枝が嬉しそうな顔になった。

「良いですよ。でも、飲み屋で開くことが多くなると思いますけど……」

酒好きの吉枝はそう言った。

「いいさ。その分は会社がもつ」

「ありがたい！」

それまで老舗《しにせ》書店とだけ取引していた旧帝大に紀伊國屋書店が入り込んでいく裏には、『吉枝学校』の伝授する細かな戦術があった。

〝顧客カード〟はその後〝ＶＩＰカード〟と呼ばれて紀伊國屋書店の全営業社員が作成するようになる。

その吉枝の凄さは顧客である大学、研究所に関してのあらゆる法律や基準に精通していたことだった。

「あぁ、これはこの条文に書いてあります」

「そこは、この法令に準じて行えば問題はありませんよ」

そんな風に松原にも説明する。

松原は吉枝の知識に唸らされた。

「顧客は文部省の管轄下にあります。役所は法律で動きます。役所の意向で顧客は動くわけですね。つまり、法律を知っておくことがどんな営業よりも役に立つ近道な訳です」

大学の当事者も知らないような文部省の大学設置基準の細則まで知っていた。

「吉枝さん！　吉枝さん!!　教えて下さい」

「先日、吉枝さんという方にアドバイスを貰うように言われたんですが……」

学部の新設などを検討している大学は真っ先に吉枝に相談に訪れるまでになっていた。

申請書類の書き方、添付書類の揃《そろ》え方、全て手取り足取り、吉枝は教えた。

必然的に新しく出来た大学や学部は紀伊國屋書店と取引をすることになる。

〝新宿の文部省〟

それが吉枝の別名になっていた。

そのようにして新設大学から一気に一万冊の注文を受けることもたびたびあった。

全国の紀伊國屋書店の〝ＶＩＰカード〟は数千枚に上った。

吉枝は顧客や親しくなった人たち全員に必ず礼状、年賀状を送った。

「偉くなる人は皆、筆まめだよ」

吉枝は『吉枝学校』でそう語る。

年賀状の名簿は二千名を超え、社員宛《あ》ての年賀状が届くのは夏ごろになった。

『吉枝学校』はどんどん充実し営業会議はその実践場となった。

吉枝は営業所ごと、大学、研究所ごとの違いまで細かく語った。

「私立の大学の場合はいかにトップと会うか……それに尽きる。雇われ学長じゃないよ。オーナー、本当にその大学を動かしている人間と会うことなんだ。そうでないと百回通っても意味ないよ」

熱っぽく皆に語っていく。

その後、四十七都道府県で紀伊國屋書店の営業所がないのは三県のみ、という時代になるが、営業の人間全てが『吉枝学校』の門下生だった。

営業の戦略と戦術を教えられ実践していく彼らが、店舗営業ではない紀伊國屋書店をさらに大きくしていった。

「今度はどこに営業所を作るんだっけ?」

茂一は松原に訊ねた。

「京都です」

そう言うと茂一はニッコリ笑った。

「いいねぇ……京都かぁ」

茂一は新しい営業所が出来るとお披露目の行事に必ず出掛けた。

その時にはお伴《とも》がいる。

社員ではない。大勢の新宿や銀座の夜の女性たちだ。

大名行列、いや花魁《おいらん》道中のようになって地方の営業所に出掛けるのが楽しみで仕方がないのだ。

しかし、それが単なる道楽で終わっていないのを一緒にいく松原は分かっていた。

茂一が行くと、取引先である大学や研究所の関係者だけでなく、地方の有力者や名士たちがこぞって集まって来るのだ。

「田辺社長！　いやぁ、綺麗《きれい》どころをこんな田舎にお連れ頂き、恐悦至極です」

「戦前に帝大で学んだ時代、新宿の紀伊國屋には本当によく通いました」

「ゲーテを初めて買ったのは紀伊國屋でした。今も上京して新宿のお店に寄るのが一番の楽しみです」

「画廊で見た荻須の絵……あれでパリに絶対に行こうと思ったんですよ」

女性に囲まれた茂一が醸し出す何とも贅沢《ぜいたく》で洒脱な雰囲気、それが紀伊國屋書店が昔から持つ文化の香りとなり、皆がそれに酔っているようなのだ。

「社長はブランドなんだ。紀伊國屋書店という文化のブランド。歩くブランド……この価値は計り知れない」

女性たちの嬌声《きょうせい》に囲まれながら土地の人たちと歓談する茂一の姿を見て、松原は思っていた。営業の兵士たちの頑張りと茂一というブランド、それが相俟《あいま》って紀伊國屋書店という存在を強くしていることには松原は感銘を受けるのだった。


茂一という存在は、紀伊國屋書店だけにとどまらず、業界全体にも影響を与えるようになる。

それは書店協同組合の仕事だった。

「社長にお願い出来ますか?」

松原から言われて茂一は頷いた。

「役割分担は約束だからね。外の仕事はやるよ」

こうして、昭和二十八年から約十二年に亘《わた》り、茂一は書店協同組合の仕事に就いた。

新宿支部の役員を振り出しに、理事に推薦され、副理事長に昇格、同時に全国連合会の副会長にもなった。

茂一は五十歳前後の働き盛りを組合の仕事に汗を流した。

神田駿河台下にある組合事務所に週二、三日は通った。

組合の最大の関心事は書店の利潤問題だった。

「利益が少なすぎる」

それは昔からの業界の悩みだった。

書籍の定価販売制度、それは安定して売り手に都合が良いように見えるが、書店は自分たちで定価を動かすことは出来ない。

価格の決定権は版元、出版社の手に握られている。

粗利が少なくても自分たちの力で改善することは出来ないのだ。

茂一は色んな人に相談を持ちかけた。

「ずいぶん口銭の少ない商売ですね……」

『フレンドナショナル』で懇意となった赤札堂の小泉一兵衛にそう言われた。

小売業界の様々な人に茂一は書店業の現状を話し相談に乗って貰った。

「結局、士農工商の序列が、今もまだ残っているということです」

小売業は弱者なのだと百貨店協会の会長に言われた茂一は深く頷かざるをえなかった。

「表向きは〝書店様々〟などと版元は持ち上げているが……実態は逆だ。多くの出版社の本音は〝自分たちの作った品物を売らせてやっている〟なんだ」

茂一のプライドに火が点《つ》いた。

そして、組合で適正利潤獲得委員長を担当し、全国で書店主を集めた集会を開催し遊説して回った。

北海道、東北、九州、信越を回り、大阪の中之島公会堂では大集会をもった。

茂一らの主張に真っ向から反対する出版社の書籍の不買運動までやった。

しかし、そんな風に戦えば戦うほど、茂一は力の差を痛切に感じざるをえなかった。

「出版や取次に比べて書店は……資力、頭脳、全てが弱小だ」

茂一は打ちのめされた気がした。

そして、思った。

「力だ……物事を解決するのは力なんだ。今の自分たちには力がない。書店には力がないんだ」

茂一は決心する。

「力をつけてやる。商売での力とは売上だ。紀伊國屋書店は徹底的に売上を伸ばして力をつけてやる。そうして、書店業界全体の力にしてやる」

茂一はこの時初めて紀伊國屋書店を発展成長させることに本気になった。

「ウチにはそれだけの力がある。絶対にやってやる」

これが昭和四十年代の紀伊國屋書店の全国出店、積極経営戦略に繋《つな》がる。

しかし、その前にやらなければならないことが出て来た。

紀伊國屋書店の本丸に問題があったのだ。

◇

「お座敷用の磨き丸太を芯柱《しんばしら》に……ですか?」

松原はそれを聞いて耳を疑った。

紀伊國屋書店の店舗設計者の前川國男が松原を訪れ話したのだ。

「ええ、戦後直ぐで資材の無い時代でしたから……田辺社長からは早く建ててくれと急《せ》かされましたしね」

「それは問題なんですか？」

松原は不安になった。

前川は難しい顔になって頷いた。

「芯柱として強度に問題のある化粧材を……やむを得ず使って間に合わせたんです」

「強度に問題……」

松原はそれで思い当たることがあった。

事務所の床が歩くとギシギシと音がする。

もう慣れてしまっていたがそれも部材の問題だと前川は言う。

「だから私はずっと心配で……それで今日、お話をと思いましてね」

松原は考え込んでしまった。

前川は続けた。

「皆さんは名建築だと褒めて下さるが、もし大きな地震が来たら……それを思うと夜も眠れなくなるんです」

新宿の、いや東京の名物となっている紀伊國屋書店の店舗。

外観は瀟洒《しょうしゃ》で文化の香りを漂わせる素晴らしい建物が、実際は木造二階建て、それもかなり怪しい部材で出来ていたのだ。

「分かりました。ありがとうございます。お客様に万一のことがあったら……それを考えると一刻も早く建て替えた方が良いですね」

松原はそう答えていた。

こうして店舗の建て替えは紀伊國屋書店の大きな経営課題となった。

「ボクはとても気に入ってるんだけどねぇ」

美しい店舗に思い入れのある茂一はそう言うが、客や従業員の安全が掛っている話だ。

「やはり早く建て替えましょう。それで……」

松原は建て替えを進め、その時、店舗を巡る問題を一気に解決してしまおうとも語った。

新宿通りに面した一等地を〝不法占拠〟された状態を解消したい。

表通りを五坪ほどの小さな店……犬屋、ブロマイド屋、玩具屋《おもちゃ》などが十数軒も埋めていて、お客はその間を通り抜けないと紀伊國屋書店に入れないのだ。

「新宿の一等地です。せっかくの土地を目いっぱい使わないともったいないです」

茂一もその考えには大賛成だ。

「じゃあ、それでいこうよ。やってくれる?」

やるのは松原しかいない。

「分かりました」

そうして、松原は立ちあがろうとした。

すると、茂一が止めた。

「松原さん、一つだけいいかな?」

「何でしょう？」

「新しい店舗も設計は前川さんにお願いして欲しいんだ」

松原は直ぐにハイとは言えなかった。

前川國男は今や建築界の大家となっている。

戦後、東京文化会館や国立国会図書館などの名建築を設計し、日本の建築界のトップに君臨していた。

「どうでしょうか。引き受けて貰うとなるとかなり高くつくと思うのですが……」

新店舗の建設と〝不法占拠〟の立ち退き料に要する資金、それをまかなう十分な蓄えが紀伊國屋書店にないことは松原が一番よく知っている。

新店舗の建設はカネとの戦いなのだ。

しかし、茂一は譲らなかった。

「駄目だよ。前川さんでないと……。そうでないとボクは承知しないよ。前川芸術でないと嫌だよ」

珍しく田辺は厳しい表情になった。

松原は思い出した。

「ボクは本屋の景色が好きなんだ」

茂一の言葉だ。

「社長にとって本屋で一番大事なのは店舗なんだ。自分の気に入る景色の店舗……それがあって紀伊國屋書店なんだ」

松原は腹を括った。

「分かりました。前川さんにお願いします」

茂一は満面の笑みになった。


「エッ?! す、全て……何もかも先生の意向の業者でないと設計は引き受けて貰えないんですか?」

松原は前川建築設計事務所の担当専務と話し合っていた。

「そうです。本体の建築業者から電気工事、配管工事……什器《じゅうき》に至るまで、全て先生がこれとお考えの業者でないとお引き受けできません」

「つまり、全て一流企業でないと駄目ということですね」

担当専務は頷いた。

松原は汗が出た。

設計だけを前川に頼んで、あとは出来るだけ安い業者に建築を委託することを考えていたからだ。

「先生は、ご自分の設計する建物を完璧《かんぺき》なものに仕上げないとご承知にならないのです。それが建築家、前川國男の矜持《きょうじ》なんです」

松原は、ふと茂一が前川に拘《こだわ》るのもそこなのだろうなと思った。

「全てが揃ってこその一流。それだからこそ醸し出す雰囲気が素晴らしいものになるんだ。完成すれば新宿・紀伊國屋書店は間違いなく日本を代表する店舗になる。それにしても……」

松原はかなり難しくなると思いながら、担当専務に今の予算を提示してみた。

「これでは……いくらなんでも」

当然のように撥《は》ねつけられた。

「では、そちらの見積もりを出して頂けますでしょうか？」

数週間後、送られて来た見積書を前にした茂一と松原がいた。

「予算の倍とまではいかないけれども……まぁ、それに近いのか……」

茂一も落胆した表情だ。

松原はそれを見せて茂一の翻意を促そうと考えていた。

だが、がっかりした茂一を見ると気持ちが揺らいだ。

「社長を喜ばせてやりたい。胸を張って『これが新しい紀伊國屋書店だ』と言わせてやりたい！」

その気持ちが湧《わ》いていた。

そして、思わず口をついて言葉が出てしまった。

「社長……やりましょうか？　いや、やりましょう！　前川さんにお願いして素晴らしい店を建てて貰いましょう！」

へっ?!　という表情で茂一は松原を見た。

「出来るの？」

松原はじっと茂一を見た。

そこに鯨《くじら》がいた。

漢江の川辺に打ち上げられた鯨だ。

「この鯨を大海原で泳がせたい」

松原の心に棲《す》む鯨がまた現れた。

「やってみます。大変ですが、やってみます！」

それを聞いた茂一が立ちあがった。

「！」

松原は驚いた。

茂一が踊り出したのだ。

「♪……」

東京大空襲の夜、そして戦後、今の店舗を新築した時のパーティーで踊ったのと同じ踊りだ。

「……♪……♪……」

奴《やっこ》さんが尻を振るような茂一の踊りを松原はポカンと眺めた。

それを見ているうちに心の底から愉快になった。

「やろう！　やってやろう!!」

だが、そこからの松原の苦労は大変なものになる。

◇

紀伊國屋書店、本店ビル建設プロジェクトは動き出した。

「私がお引き受けする以上、一切注文をつけて頂いては困ります。宜《よろ》しいのですね？」

前川國男は茂一と松原を前にして厳しい顔つきでそう言った。

何もかも自分が描く理想の紀伊國屋書店本店ビルを創ろうというのだ。

「重々、承知しております。何卒《なにとぞ》、宜しくお願い致します」

そう言って茂一と松原は頭を下げた。

すると前川は図面を開いて見せた。

「これが紀伊國屋書店本店ビルです」

地上九階、地下二階、延べ床面積三千五百六十坪……。

図面を見た松原はエッと思った。

新宿通りに面した一階が表から裏まで通り抜けが出来る通路になっている。

一階という最高の立地で店舗として使える面積が大きく削られているのだ。

「これでは……」

松原が口を開こうとした瞬間、茂一が遮るようにして言った。

「素晴らしい!!　前川先生、何卒こちらで宜しくお願い致します!!」

そう言って頭を下げたのだ。

松原もそれに合わせて頭を下げるしかなかった。

前川は笑顔になった。

「分かりました。私も自分の代表作にします。全身全霊で取り組みます!!」

力を込めてそう言うのだ。

松原の背中に汗が流れた。

前川事務所の担当専務との事前のやり取りを思い出したからだ。

「前川は良心の塊のような人間です。設計料が高いのは自分が気に入るまで何度もやり直すからなんです。それをご理解頂きたいのです。施主にとってはそれに加えて工事の金額の上昇も大変だと思いますが……」

松原は驚いた。

「そ、それは実際の工事になっても気に入らなければ、施工業者にやり直しを指示されるということですか?」

「そうです。だから工事費はあくまで最低限の見積もりです。確実にそれ以上にはなることを頭に入れておいて下さい」

松原はクラクラした。

「そこをなんとか……設計費を抑えて頂くなり……何とかして頂けませんか?」

それを聞いた担当専務が呟《つぶや》いた。

「我々の事務所の方も……前川はともかく、専務の私以下みんな貧乏暮らしなんですよ」

「はあ……」

松原は、ビルを建てた後の紀伊國屋書店の人間たちの貧乏暮らしを思った。


前川事務所からの帰り道、松原は茂一に訊ねた。

「あれで、あの設計で本当によろしいのですか？」

茂一は茂一らしい言い方をした。

「前川さんは芸術家だ。芸術家という人種は兎にも角にも、気分良く自由に仕事をさせてやることだ。そうすれば良い作品が出来る。ボクはそれが分かっているからね」

若くから多くの作家や画家と付き合って来た茂一ならではの言葉だった。

泰然自若、大人の風格でそう言うのだ。

松原は茂一の言葉に頷くしかなかった。


「あれッ?!」

松原は行きつけの床屋で髪を切って貰っていた。

床屋の親仁《おやじ》が鋏《はさみ》の手を止めたのだ。

「どうかしましたか？」

親仁が松原の頭をジッと見ている。

「……はげてますよ」

「エッ?!」

円形脱毛症になっていた。

松原は、本店ビル建設を実現させるための資金繰り計画と〝不法占拠〟の立ち退き交渉を同時に行っていたが、どちらも難航していた。

眠りが浅くなり夢にまで数字が出てくる状態が続いていたのだ。

松原は紀伊國屋書店の財務諸表を見ながら呟いた。

「これを見たら銀行は絶対に贅沢《ぜいたく》なビルの建設資金など融資してくれないだろうな……」

手元資金がとにかく無いのだ。

その横には前川事務所からの施工業者の一覧表が置かれている。

「本体の建設は間組《はざま》、電気は近畿電気工事、給排水・衛生は西原衛生工業所、空調は高砂熱学工業、家具は天童木工……全て一流企業ばかり……」

そのうえ前川は本体工事の間組に「現場主任は超一流の人を」と要請しての念の入れようだった。

「一体、いくらかかるんだ……」

松原は計算を続けた。

「あぁ……どうやっても紀伊國屋書店だけの収入では本店ビル建設は賄えない」

その結論に達した。

「いいんじゃないの」

茂一に相談するとあっさりとそう言う。

本店ビルの多くのスペースをテナントに貸し出すという話だ。

「しょうがないじゃない」

そういう茂一に松原は言った。

「そうでないと返済資金は作れません。ただ……」

「他に何かあるの？」

「それでも銀行が最終的にカネを貸してくれるかどうかは……微妙なんです」

「そりゃ困ったねぇ」

茂一は他人事《ひとごと》のようにそう言う。

「こんなカネの無い会社が贅沢なビルを建てるなど言語道断……銀行がそう言うのが目に見えています」

その言葉に茂一は笑った。

「じゃあ、その贅沢なビルに入る贅沢な人間の顔を銀行に見せてやろうよ」

「はぁ？」

「ボクが銀行と直接会うよ」

茂一がニッコリ笑ってそう言うのを見て松原は不思議と落ち着いた。

「いけるかもしれない」

料亭『稲垣』。

大きな座敷には女将も芸者衆も入った賑《にぎ》やか揃えなのだが、空気は張り詰めていた。

床の間を背に座っているのは日本長期信用銀行の専務だった。

厳《いか》つい表情のままじっとしている。

「これが当社社長の田辺でございます」

松原が茂一を紹介した。

専務はじっと茂一の顔を眺めた。

「お目にかかったことのないお顔ですな……」

そう言って黙った。

「…………」

しばらく沈黙が続いた後で、専務は何か思い当たったような表情になって言った。

「浪費家のお顔ですね」

その辛辣《しんらつ》な言葉に松原はギョッとなった。

座が凍っている。

「やはり、駄目か……」

その瞬間、茂一は手で自分の額をポンと軽妙に叩《たた》いて幇間《ほうかん》のような口調で言った。

「先刻、ご承知の通り！」

「‼」

その当意即妙にパッと座が晴れた。

一同、大爆笑となったのだ。

長銀の人間たちも料亭の女将も芸者衆も皆が大笑いなのだ。

そこから難しい話は一切出ないでお開きとなった。

「社長は見事だ！」

長銀は二十億円の融資を決めた。

これによって、富士銀行、三菱銀行が協調融資に応じ、建設資金四十億円を借りることが出来たのだ。

テナントもカネボウ、英國屋、イワキやニュートーキョーなど、茂一の人脈で一流企業が出店を決めてくれた。

松原の頑張りで立ち退きも成功させた。

「八千万掛りました……」

松原は苦りきった表情で立ち退きのカネの話をすると茂一は嬉しそうに笑って言った。

「あいつら、儲《もう》けたなぁ！」

まるで自分が懐に入れたような口ぶりなのだ。

松原は呆《あき》れながら思った。

「これだ。これが紀伊國屋書店のブランドだ。この社長のおおらかさが紀伊國屋書店の文化の核なんだ」

昭和三十九（一九六四）年三月、東京オリンピックが開かれるこの年、紀伊國屋書店本店ビルは完成した。

周辺にこれより高い建物はなかった。

新宿、紀伊國屋書店ビルは東京のランドマークのひとつとなる。

そして、ここから紀伊國屋書店の急拡大が始まったのだ。

第六章　永遠の本屋稼業

紀伊國屋書店、新宿本店ビルは完成した。

地上九階、地下二階、延べ床面積三千五百六十坪の堂々たるビルだ。

一階正面のホールは吹き抜けになっていて、二階に上がるエスカレーターが備えられ、通り抜けの通路の両側には店舗が並んでいる。

二階はエントランスホールが広々ととられた和書売場で、三階は洋書や学術書などの売り場となっていた。

四階に画廊、そして九階には会員制のサロンを設け、ゆったりとした空間で時間を過ごせるようになっていた。

しかし、そのビルは売上の二倍以上もの銀行借入で建てた借金の塊なのだ。

「こうしないと借金は返せません」

松原が苦肉の策で考えたテナント誘致。

それによって最も集客力のある地下一階、地上一階は飲食店や洋品店に貸し出され、七階から上はオフィスとして弁護士事務所などに賃貸ししていた。

紀伊國屋が書店売場として使えるのは延べ床面積の半分以下だった。

そこにはもう一つ理由があった。

全く書店とは関係のないものが画廊やサロン以外にビルの中にドンと存在していたからだ。

「売場や画廊のほかに紀伊國屋らしい文化の香りのするものを創《つく》りたいと思うのですが……」

設計の前川國男が茂一に提案した。

「いいですなぁ……それは」

茂一は嬉《うれ》しくてまた踊り出しそうになった。

その話を聞いた時、松原はめまいがした。

「げ、劇場……?」

ビルの四階半分を使ってホールを作るというのだ。

「劇場など経営の経験もありませんし……採算がどうなるのか全く見えませんが?」

松原がそう言うと茂一はにっこり微笑《ほほえ》んだ。

「あぁ、戦前の紀伊國屋書店にも二階に講堂があったんだよ。大丈夫。何とかなるよ」

「はぁ……」

茂一は、はなから採算のことなど頭にない。

「劇場、芝居……フフフ」

若き日、水谷八重子に求婚した時の気持ちが蘇《よみがえ》っていたのだ。

こうして客席が四百二十六席の劇場が完成し、『紀伊國屋ホール』と命名されてオープンする。

こけら落としは茂一のたっての希望で水谷八重子による日本舞踏となった。

「あぁ、我が人生最高の日」

その舞姿を見ながら茂一は陶然となっていた。

「八重ちゃん……」

そんな茂一のありようをよそに、劇場運営はトラブルで冷汗の連続だった。

「はぁ？」

松原はホール担当からの報告に笑うしかなかった。

「行方不明？」

「そうなんです。劇団の主宰者が……ホールの使用料を払わずに行方をくらましたんです」

「………」

キャンセルや上演中止も相次いだ。

しかし、茂一は相変わらず紀伊國屋ホールのこととなると嬉しそうだ。

「大丈夫だよ。小屋として大き過ぎず小さ過ぎず……ほどの良い大きさだし、本屋の中の演劇ホールなんて他にないんだからね。誰もやってないことは必ず注目されるよ」

「はぁ……」

その通りになった。

若者たちが注目を始めたのだ。

きっかけは本店ビル完成を記念に創設した紀伊國屋演劇賞だった。

新劇に対象を絞り、若手や中堅をサポートする賞にした。

それがちょうど演劇界に新しい潮流が生まれていた時に重なった。

文学座から中堅、若手が脱退し演劇集団『雲』が結成され、三島由紀夫《みしまゆきお》らによって『劇団NLT』が創られた。

そして、アングラ劇団が登場して来る。

唐十郎《からじゅうろう》が『劇団状況劇場』を結成、寺山修司《てらやましゅうじ》の『天井桟敷』が生まれた。

その波に紀伊國屋ホールは乗ったのだ。

紀伊國屋演劇賞は民間で最も権威のある演劇賞になっていく。

「あの劇団、副賞の三十万円を一晩で皆で飲んで使ったらしいよ」

茂一が嬉しそうに松原に言う。

「去年の劇団は『これでスタジオの雨漏りが直せる』と喜んでいました。劇団によってずいぶん違うものですね」

松原はそう言って笑った。

松原も次第に文化というものに自分が組み込まれていることを感じていた。

「本を売るだけではない、紀伊國屋が発信する文化……これはやはりかけがえのないものなんだ」

紀伊國屋ホールの楽屋に嬉しそうに出かけていく茂一を見ると自分も嬉しくなる。

だが、その茂一はひそかに書店の本業でも燃えていた。

「本を売ってやる。力をつけてやる！」

書店の利潤獲得のために組合の先頭に立って戦いながら、出版社や取次の力の強さの前に一敗地にまみれたことが忘れられない。

茂一は書店業界全体が力をつけなくてはならないと考え、様々なことにその後も尽力していた。全国書店連合会の理事として、そして、書店に融資などをあっせんする日親協同組合の会長にもなって活動していた。

そんな時、ある大手書店の社長と銀座のクラブで偶然出会った。

それまでは立ち話程度であった人物と飲んでいるうちに打ち解けてきた。

「こうやって田辺さんとプライベートに飲むと全く違うものですね。商売敵という感じではなく、友達という風に思えてくる」

商売敵という言葉に茂一は驚いた。

「そんな風に思われていたんですか？」

「ええ、それは皆さん同じではないですかね」

茂一は真剣な顔になって言った。

「書店は本来、皆、戦友なんですよ。皆で一緒に戦わないと大手出版社や取次と互してやっていけない」

その時に茂一は思った。

「やはり、書店の社長たちが親しくなっておかないと駄目だな。そういう機会を積極的に持つようにさせないと……」

茂一は東京都下の有力書店の団体を作ろうと動いた。

そうして、丸善、栄松堂、三省堂、東京堂、教文館などと『悠々会』という名の会を作ったのだ。

毎月の例会で書店を巡る問題を話し、時には作家や文化人を招いて講演をして貰《もら》うなどの形で皆の親睦《しんぼく》を深めていったのだ。

「それにしても昨今、こんな形の宴会は少なくなりましたなぁ」

「本当に。それだけに我々の世代は嬉しくなりますよ」

社長たちがそう言うのが『悠々会』の毎年の新年会だった。

東銀座の『万安楼』で開かれるが、和式の大広間で芸者も入っての大宴会は少なくなっていたので業界名物になった。

興が乗って来ると茂一は歌ったり踊ったりした。

書店業界の主導者でありムードメーカーとして茂一は必死だったのだ。

「……♪」

踊りながら茂一は思っていた。

「必ず本屋全体の力をつけてやる。その先頭を走るのが紀伊國屋書店だ」

茂一は新ビルとなった紀伊國屋書店を考えていた。

「あの新しい紀伊国屋書店本店を拠点に強烈な販売力をつけてやる！」

年齢で六十に手が届かんとする茂一は異様な目の光を見せていた。

茂一が本屋をやると決意した十歳の時から、半世紀が過ぎている。

「本屋をやろうなんて、あんたは偉い子だよ」

そう言って頭を撫《な》でてくれた母の死。

「母ちゃんの遺言だからね。本屋をやるよ」

大学を卒業してすぐ、反対する父親を押し切っての書店の開業。

フォード・ロードスターを乗り回しての支店巡りと女道楽の日々。

「また大赤字だよ……」

出しては損、出しては大量の返品、最後は息の根を止められそうになった雑誌の出版。

「あなたが死なないなら、私が死にます!!」

地獄のような結婚生活と離婚。

引き取った子供の養育と戦時中の苦労。

敗戦では何もかも失った。

そして戦後、紀伊國屋書店再開と新ビルの完成まで来た。

「やりたいことをやる。やりたいようにやる」

その茂一が燃えていた。

紀伊國屋を大きくすることに本気になっていた。

「本屋はボクの命なんだ」

◇

松原は茂一に呼ばれて驚いた。

いつになく真剣な顔つきなのだ。

「松原さん。紀伊國屋書店は強い本屋かな？」

「はっ？」

「ウチは本屋として力があるのかい？」

松原は茂一が何を聞きたいのか分からない。

「社長もご存知の通り、紀伊國屋書店は他の書店と比べると特殊な存在ですから……」

松原が言おうとしたのは新宿・紀伊國屋書店の並外れた大きさだ。

普通の本屋の面積は二十五坪、しかし、紀伊國屋書店のそれは七百坪あり、日本最大を誇っている。

書店の利潤獲得の適正規模は二十五坪と言われていた業界の常識を破ったのが戦前の紀伊國屋書店だったが、今はその遥《はる》か上をいく。

「今のところ店舗経営は順調にやれておりますが……」

松原がそう言うと茂一が確認するように訊《たず》ねた。

「書店としての力はある、ということだね？」

茂一は松原を見据えている。

「はい」

松原は自信を持って答えた。

「よし！　店を出そう!!」

「はっ?!」

「出店する。支店を作るんだ」

松原は驚いた。それまで茂一がそんなことを言ったことはない。

「決めた！　松原さん、直《す》ぐに動いてくれ」

「はい……」

松原は反論しなかったが、本店ビルを建てたばかりで借金が重く伸《の》し掛っている。

「これで店舗を増やすとなると……財務に負担を掛ける」

だが時代は追い風であることは感じていた。

「売上は着実に伸びている。出版や書店はまだまだ成長出来る」

そして松原には店舗販売の切り札があった。

それは紀伊國屋書店の店舗販売力の源ともいえる存在だった。

「あの男がいる。あの男に託してみよう」

「渋谷に新しい店を？」

松原の言葉に毛利《もうり》は驚いた。

「あぁ、今度新しく出来る東急のビルにテナントで入らないかと持ちかけられていたんだが、時期尚早と断っていた。だけど、社長が出店しろと強くおっしゃる」

「社長が？」

毛利の目が光った。

「珍しいですね。でも、社長が自分から何かやろうとする時は面白いですよ。昔から……」

そういう毛利に松原は頷《うなず》いた。

毛利四郎《しろう》、紀伊國屋書店の店舗販売責任者だ。

戦前から茂一の下で働き、戦後も直ぐから支配人として店舗販売を担っていた。

高等小学校しか出ていないが、抜群の頭のキレと記憶力を持つ。

コンピューターの無い時代に売れた本の膨大な数の短冊を全《すべ》て毎日見て、〝売れ筋、死に筋〟を的確に判断し、発注を掛ける。

「〇〇の全集は思い切って二百セット仕入れよう。即売を掛ける」

「この〇〇、今はいいけど長続きはしない。在庫を売り切るまで発注は止めておくように……」

その指示が面白いように当たるのだ。

「これは『本命』だから平台半分使って」

「あっ、こっちは『穴』だから『本命』の逆側に必ず平置きしてくれ」

競馬が大好きな毛利はベストセラー確実な本を『本命』、それに便乗して売れると考える本を『対抗』、そして、誰も注目していないが売場独自で仕掛けるものを『穴』や『大穴』と呼んで嬉しそうに棚に並べていくのだ。

その勘の鋭さには誰もが感心した。

そして、面倒見が良くリーダーシップがある。

店員たちは毛利を慕い、『毛利学校』と呼ばれるものが出来ていた。

「いいかい。本屋にとっての命は四つ。『丁寧』『笑顔』『揃《そろ》え』『欠本なし』。それを徹底させるんだ」

そして、毛利は一番大事なことを言った。

「本は売るんじゃない。お客様の心に届けるんだ。その気持ちを持って本に接すると本の方で応《こた》えてくれる。『私は一冊しか売れませんけど、必ずその人を幸せにしますよ』『私は多くの人を喜ばせることが出来ますよ』とかね。だから、どんな本であってもおろそかに扱ってはいけないんだ」

その毛利の指導で昭和四十年六月、渋谷支店は開設され直ぐに軌道に乗ることが出来た。

「支店経営もやれる。これで拡大の核は出来た」

松原はそう思った。

そして、二年後の昭和四十二年。

松原は茂一に呼ばれて驚くべき話をされた。

「サ、サンフランシスコ?!」

茂一は涼しい顔をしている。

「そう。出店してくれって頼まれちゃってね。いいじゃない。霧の♪　サンフランシスコ……ゴールデンゲートブリッジ（金門橋）♪」

茂一はもう自分が出掛ける気になって身体《からだ》を揺すっている。

「ど、どういう経緯なんですか？」

「うん。戦争中にサンフランシスコの日系人が強制収容の憂き目にあった。その反省の意味で、かつての日本人街に『ジャパン・カルチャー＆トレードセンター』というものを作ることになったんだそうだ」

「はぁ」

「サンフランシスコ市が土地を提供して建物の建設と運営は現地の日系人に任せるんだって」

「そのセンターはどんなものなんですか？」

「うん、建物は四つ。日本総領事館やホテル、ＪＥＴＲＯ（日本貿易振興会）の事務所や日本企業のショールームなどの入居が決まっているらしい」

「かなりしっかりした話なんですね」

茂一は頷いた。

「そうなんだよ。そこにカルチャー……文化にあたるものがないっていうんでウチに白羽の矢が立ったという次第なんだ」

「なるほど……」

松原が納得したような顔つきになったところで茂一がニッコリ笑って言った。

「松原さん。行って見て来てくれる？」

「はっ?!」

こうして松原はサンフランシスコに飛ぶことになった。

現地に入った松原は満鉄や陸軍の糧秣《りょうまつ》課長時代と同じように周辺をくまなく見て回った。

「立地は良くないな……」

ダウンタウンからクルマで十分は掛る。

「この距離で集客は難しいぞ」

センターの設計図を見てみると、店に用意されている所は駐車場から遠い。

「クルマ社会のアメリカでこれは問題だ」

東京に戻って茂一に報告した。

「経営的に難しいです。社長、申し訳ありませんが、断らせて下さい」

茂一はなんとも寂しげな顔になった。

「松原さんがそう言うなら……仕方ないね」

やりたいことをやる茂一も海外となると強くは言えなかった。

それから数日後。

「エッ?!　外務省？」

松原に会いたいと外務省の高官がやって来たのだ。

東京銀行の役員も連れていた。

「このジャパンセンターは日本政府の対米外交上非常に重要なものです。そこへ文化の象徴である紀伊國屋書店の出店は大きな意味を持ちます。何とかお考え直し頂けませんか？」

外務省の人間は懇願した。

「資金や現地での様々なコーディネートは我々が全面的に協力します」

東京銀行の役員はそう付け加える。

松原は難しい顔になって言った。

「紀伊國屋書店はこの新宿本店ビルを大借金して建ててまだ三年。経営的にまだまだ厳しいところです。ここで火中の栗《くり》を拾うことは出来ない事情はご理解下さい」

「――――」

相手は「それでも何とかお願いします！」と言い残して帰っていった。

松原は茂一に報告した。

「何とかならない？」

「…………」

松原は黙った。

「松原さん。ウチはずっと洋書の輸入をやって来たじゃない」

「はい」

「アメリカから随分買ったよね？」

「おっしゃる通りです」

「それで色んな人に感謝された。大学の先生や学生、色んな企業の研究者。なにより英米文学好きのお客さんからずいぶん喜ばれた」

松原は頷いた。

茂一の言いたいことは分かった。

それは松原も同じだったからだ。

松原は暫《しばら》く考えてから言った。

「敗戦後、大陸の天津で敵だったアメリカから大変助けて貰《もら》った経験があります。鬼畜と思っていた相手の寛容に助けられました。もし、戦争をする前にもっとお互いを知っていたら、文化の交流があったら、戦争はしていなかったのではと思っています」

茂一は笑顔になって言った。

「そうだよ、文化の交流。谷崎潤一郎《たにざきじゅんいちろう》、川端康成《かわばたやすなり》、そして三島由紀夫……近頃では英訳本がかなり出ているし、日本の文化や歴史についての本も英語で多く出ている。どうだろう？　在留邦人じゃなくてアメリカ人を客にすることを考えたら？」

松原は頷いた。

「挑戦ですが……それなら勝機はあるかもしれません」

茂一は微笑んで訊ねた。

「清水の舞台から飛び降りるかい？」

松原は頷いて言った。

「はい。でもこれは金門橋から飛び降りる……でしょう？」

茂一がパチンと掌《てのひら》で額を叩《たた》いた。

「こりゃ、一本取られた！」

二人は笑った。

こうして昭和四十四年二月、資本金十万ドルの米国現地法人、KINOKUNIYA BOOKSTORES OF AMERICAが設立され、紀伊國屋書店・サンフランシスコ店が誕生した。

『毛利学校』の毛利四郎が開設を指揮した。

百九十五坪の売り場面積を持ち、販売の主力は英文の日本・アジア関連書籍だった。

日本の書店が初めて海外に本格進出したのだ。


「エッ?! 無料《タダ》にしろということですか？」

パンアメリカン航空の東京支店長は松原の言葉に仰天した。

「日本を代表する出版社、作家など文化人三十余名がアメリカに行くんです。皆が御社の宣伝を本や雑誌の中でかなりするんですから、おつりがくると思いますよ」

支店長は頭を抱えた。

「三十名以上の太平洋線の往復航空運賃を無料にしろと……」

なんとそれが通った。

「うひょひょひょう！」

茂一は松原の報告を聞いて踊り出した。

「サンフランシスコ～♪　ゴールデンゲートブリッジ～♪」

そうして二月十一日、開店に合わせて一行は羽田から飛び立つことになった。

「こりゃ、珍道中だ」

松原は一行を見て苦笑した。

出版界からは講談社の野間省一社長、徳間書店の徳間《とくま》康快《やすよし》社長、文藝春秋社の池島信平《いけじましんぺい》社長、平凡社の下中邦彦《しもなかくにひこ》社長、作家の柴田《しばた》錬三郎《れんざぶろう》、梶山季之《かじやまとしゆき》、近藤啓太郎《こんどうけいたろう》、藤島泰輔《ふじしまたいすけ》、安岡章太郎《やすおかしょうたろう》、戸《と》川昌子《がわまさこ》、戸《と》川幸夫《がわゆきお》、文芸評論家の丸谷《まるや》才一《さいいち》、音楽家の団伊玖磨《だんいくま》、写真家の秋山庄太郎《あきやましょうたろう》、落語家の立川談志《たてかわだんし》……。

それに銀座のマダムが少なからぬ数、搭乗しているのだ。

そのカネはいつものように茂一のポケットマネーから出ていた。

「お客様！　お客様！　離陸しますのでどうか席にお着き下さい!!」

客室乗務員が金切り声をあげている。

皆が離陸前から酒盛りを始めて大騒ぎになっていたのだ。

「ウホホホ♪」

茂一はマダムのひとりと踊っている。

「大人の修学旅行だな……」

松原は戦前の大阪の日々、浪速高校の酒盛りを思い出していた。

紀伊國屋書店の出店。

次なる大事業はその大阪だった。

◇

茂一が書店の拡大に真剣になり、全国出店を松原に指示した時、その松原が真っ先に考えたのが大阪だった。

松原にとって思い出深い地である大阪。

小学校の五年生から旧制高校の卒業まで多感な時期を過ごした場所だ。

「やるからには大きくやろうね。ちまちました店は作らないよ」

茂一はそう言って大阪での候補地を松原に探させた。

松原も新宿本店の成功で大型店の経営に自信を持っていた。

「是非とも大きな売り場が欲しいんです」

「五百坪から六百坪の売場？　そんな百貨店みたいなごっついもんはおまへんで……」

そんな風に何度も言われながら、四、五年もかけ、二十ヶ所以上も松原は見て回ったが思うような物件は見つからなかった。

そんなある日。

「ん？」

松原は新聞の記事に目を止めた。

「京阪神急行電鉄（阪急）が梅田駅を再開発……！」

乗降客数の増大で手狭になったターミナルの梅田駅を一新、それに伴って大型商業施設を駅に直結で作ると書いてある。

「これだ!!」

詳しく調べてみると紀伊國屋書店にとっては理想的な計画だ。

総面積は八万平方メートル、地下を含めた店舗部分だけで二万九千平方メートル。

予定入居店舗数は三百店を超える日本最大級のショッピングセンターだった。

松原は直ぐに動いた。

戦略は昔と同じだ。

「最有力者と直接会って交渉する」

阪急の社長は小林一三の三男、小林米三だった。

「そうか、小林さんは浪速高校の先輩なのか……」

調べると松原の八年先輩に当たることが分かった。

「浪速高校ＯＢでこの期やその前後で知っている人は……いたっ!!」

日本航空の副社長、朝田《あさだ》静夫《しずお》だった。

浪速高校で小林の一つ下だった。

「朝田さんは運輸省の事務次官だったから私鉄の小林さんとは仕事で面識がある筈《はず》だ」

松原は朝田とは大学も同じで親しくして貰っている。

直ぐに連絡を取ると小林に紹介するとの返事だ。

「有難い!!」

松原は直ぐに大阪へ飛んだ。


「この度の御社の梅田駅再開発計画、ぜひともショッピングセンターのメインテナントとして紀伊國屋書店を入居させて頂きたいのです」

阪急の社長室で松原は小林米三と会っていた。

頭を下げた松原に小林は落ち着いた柔和な口調で訊ねた。

「他ならん朝田はんの紹介ですし、浪速高校の後輩でもある松原はんの頼みは聞かなあきませんわな」

「ありがとうございます。お言葉痛み入ります」

「ほんで、どのぐらいの広さがいりますんや？」

「はい。新宿本店と同じ広さでやりたいと思いますので、一階部分全部、つまり、七百坪をお借りしたいのです」

小林は目を剝《む》いた。

「七百坪⁈　本屋に七百坪でっか？」

松原は頷いた。

「紀伊國屋書店本店は同じ売り場面積で商売をしております」

そう言うと小林は頭を振った。

「そない仰山、本並べてホンマに商売になるんですか？　ほとんど道楽ちゃいますんか？」

松原はその言葉に笑顔になった。

「梅田と同じくらい乗降客のある新宿駅のそばでその面積でちゃんと商売が成り立っております。嘘《うそ》だと思われるなら是非一度見においで頂きたいと思います」

小林はふうんという顔つきになった。

「なるほどなぁ……新宿は確かに梅田と同じくらいの巨大な駅ですもんなぁ」

そして、少し考えてから隣に座っていた秘書に、煙草《タバコ》でも買って来てくれという風に言った。

「君、ちょっと行って見て来て」

そうして、話は進んでいった。

数週間後、小林から直ぐ来るようにとの連絡が入り、松原は大阪へ飛んでいった。

「すんまへんな。お呼び立てしといて……」

小林は大変に多忙だった。

「私は直ぐに出んといけまへん。後は彼から話をさせます」

そう言うと、煙草の空き箱にさっとメモを走り書きして秘書に渡してから席を外した。

小林に命じられて上京し、紀伊國屋書店本店を隅々まで見ていった秘書だ。

松原とは懇意になっている。

秘書はその煙草の箱を見ながら松原に言った。

「社長は貸すとおっしゃっています。どうぞ、進めて下さい」

松原は頭を深々と下げていた。

「ありがとうございます!!」

その松原に秘書は書類を見せた。

紀伊國屋書店の財務諸表だ。

「社長はかなり心配されていました。こんな借金まみれの本屋に貸して大丈夫かと……」

松原は「ごもっとも」と頭を下げるしかなかった。

「ですが、朝田さん始め浪速高校出身の方々が『松原さんがいらっしゃる限り大丈夫』とおっしゃったということです」

松原はその言葉に目頭が熱くなった。

「頑張って梅田を盛り上げて下さい」

「必ずや大阪の文化の一大拠点にしてみせます!」

こうして紀伊國屋書店・梅田店の建設が始まった。

設計は本店ビルと同じ前川國男に頼んだ。

梅田という街は阪急や阪神の梅田駅だけではなく、国鉄の大阪駅、市営地下鉄の梅田、西梅田、東梅田の各駅と隣接した巨大交通路であり、毎日膨大な数の人間が行き来する。

そして、大阪、神戸、そして京都には多くの大学がある。

「大型商業施設が絶対に必要とされる街だ。成功は間違いない！」

松原は確信していた。

その梅田に登場した巨大ショッピングセンターの『阪急三番街』、三百以上あるテナント店の目玉となったのが紀伊國屋書店・梅田店だった。

昭和四十四年十二月、開店。

広いコンコースの大階段の両側に、大きく入口がそびえる紀伊國屋書店が放つ雰囲気は、特別なものがあった。

そこを行き来する多くの人達が吸い寄せられるように店内に入って行く。

「紀伊國屋の入口で」は、直ぐに梅田での待ち合わせの定番となった。

梅田店の開設にはいつも通り、毛利四郎が指揮を執って奮闘した。

無駄なく動く『毛利学校』の多くの社員たちを見ながら松原は思った。

「紀伊國屋書店は昔から人が沢山いる。人件費にうるさく言わず優秀な人間たちを余らせるぐらい雇って来た。それが利いている」

松原は茂一の言葉を思い出した。

洋書の営業販売が好調で人を採用したいと松原が茂一に言った時のことだ。

「人はたくさん採っといた方が良いよ。僕は昔から、そうして来た。男も女も関係なく良いと思った人材は採っておく。必ず人というものは役に立つ。本屋というのは本の数だけ人が要る。そう思ってやった方が良いよ」

就職難の時代でも紀伊國屋書店が多くの大卒を採り続けたことが、昭和四十年代の怒濤《どとう》の店舗展開を可能にしていたのだ。

四十年、六月の渋谷店が最初の支店。

四十四年、五月に日比谷店、十一月には玉川高島屋店。そして、十二月に梅田店。

四十六年には札幌店、四十八年が岡山店。

四十九年に吉祥寺店、広島店。

五十年には熊本店、新潟店。

五十一年、福岡店。

そして、海外は四十四年にサンフランシスコ店、四十七年にニューヨーク事務所。

他に営業所が全国二十三ヶ所、従業員数は千五百人超となる。

「力をつける。販売力を上げる。そのために店を増やす！」

その茂一の決断に応えるように紀伊國屋書店は拡大していった。

「大きくて凄《すご》いわねぇ……今度のお店」

「社長さん、次はニューヨーク連れてってぇ」

「ウフフ。いいよぉ。そのかわり……」

「もう、バカン」

茂一は梅田店披露パーティーで女性たちに囲まれ、ご満悦だった。

新しい店の開店に茂一が銀座の女性を大勢引き連れて赴くのは、紀伊國屋の〝文化行事〟となっている。

茂一の嬉しそうな顔を見ながら松原は思った。

「それにしても……どうして自分はこの人にずっとついてきたのだろう?」

松原が紀伊國屋書店に入社して、役員の中には茂一のいい加減さに嫌気がさして辞めていった〝まともな人たち〟がいた。

「松原君。君のような人材がこんな会社にいては駄目だ。一緒に別の仕事をやらないか?」

そう誘われたこともある。

だが、松原は頑として茂一を支えた。

「それは、何故《なぜ》だったんだろう?」

幻視の鯨《くじら》を茂一に見たこともある。

茂一は私利私欲に走らず常に公平公正で私心がない。

そんな態度に感服していたこともある。

そして、松原はこれまで一度も茂一に嫌な感情を持ったことがない。

「それよりなにより、社長が本屋が好きということに尽きるのではないか……」

松原は自分が茂一を支えたのはそこだと思った。

「純粋に本が好き。本屋をやりたい……これほど一途《いちず》に本屋稼業が好きな人は世界にいない」

それは、新宿本店ビルを建てるのにはテナントを入れないと無理だと茂一に説明した時、強く感じた。

「いいよ。でもね、松原さん。ウチは本屋だからね。百貨店はやらないよ。ビルのテナントはテナントで構わない。だけど、紀伊國屋は本屋だからね」

そう強く茂一は言ったのだ。

「本以外は扱わない。純粋な本屋として本だけを扱う」

画廊や劇場は本屋を引き立てるものでそれ以外でも、その逆も、あり得ない。

「社長はどうしてそんなに本が好きなんですか?」

松原はそう訊ねたことがある。

茂一は真剣な顔になって言った。

「だって、本にはありとあらゆるものが無限に詰まっている。その本を扱うということは、無限の喜びに通じるじゃないか」

「無限の……喜び」

茂一は深く考えている松原に笑って言った。

「な〜んちゃって……エヘヘ」

◇

茂一は銀座のBAR、『美弥』にいた。

泰明小学校の前の露路を入った右側地下一階にあるごく普通の店だ。

カウンターでオールドパーをちびりちびりと舐《な》めるように飲んでいる。

贔屓《ひいき》にしている、というよりも茂一の弟子のような落語家、立川談志が隣にいる。

『美弥』は談志とその友人のたまり場だ。

談志は茂一を尊敬していた。

天才的な観察眼で人間の本質を見抜く談志は茂一の凄さが分かっていた。

「この人は本物の粋人だ。醸し出すモノが違う」

『美弥』のマスターは何故だか茂一からカネを取らない。

そのことを訊ねた談志に茂一は言った。

「ボクがカウンターにいるから、この店は様《さま》になっている」

談志は深く頷いた。

「ちげえねぇ」

銀座に紀伊國屋書店が店を出し、夕方になると茂一は一人で店からやって来る。

運転手もお付きもいない。

シェド帽をかぶり、重いカバンをさげて、背中を丸めて歩いてやって来る。

『美弥』から女性のいるクラブへ行く時に談志はカバン持ちで付いていくのだ。

ある晩、そんな談志と芸人仲間が茂一に食事をご馳走《ちそう》になった。

中座した茂一がその店の電話で相手に言っていた。

「いま、談志さんたちにタカってもらってるんだ」

聞いた談志は思った。

「かなわねぇ……」

そしてさらに思った。

「〝飄々《ひょうひょう》〟なんて軽いもんじゃないしなぁ……いったいこの人はナンなんだろ？」

談志は茂一に訊ねた。

「ねぇ、先生。先生は昼間は社長っていうけど、別に何ンにもしてないいんじゃないの？」

茂一は頷いた。

「ボクがだらしがない、と思っているから社員《みんな》が一生懸命やるんだ」

「それ本音？」

「ん〜」

茂一はその後、談志を連れてクラブ『姫』に飲みに行った。

「キャ〜、社長さ〜ん！」

「いや〜ン、茂一っちゃん」

「ウフフ」

もてるのは茂一ばかり。

「まぁ、こちとらカバン持ちなら当然か……」

梯子酒《はしござけ》は続いて深夜のクラブへ。

赤坂、『夢幻』でGOGOが流れると茂一は飛び出して勝手に尻を振って踊りだす。

「……♪」

興が乗ってきて、「ソレーッ！」と気勢をあげて背広を放《ほう》り投げた。

「あ〜あ、始まっちゃったよ」

談志は呟いた。

茂一は吊《つ》りズボンを外し、パンツまで脱ごうとする。

「先生、どうぞそこまでに」

周囲にまた穿《は》かされ、着せられる。

談志はそれを見ながら、さっき『美弥』から『姫』へカバンを持って移動する時のことを思い出していた。

花売りの婆《ばあ》さんが茂一に近づいて来た。

「まぁ、いいよ、不要《いら》ない。まただ……」

しかし、婆さんがしつこい。

それを見て只酒《ただざけ》をご馳走になる義理のある身の談志が、「これも仕事、ヨイショのうちだ」と追い払った。

それでクラブまで来た。

「さあさあ、先生。露払い致しますよォ」

そう言ってドアを開けて談志は先に入った。

振り返って茂一を見た。

「？」

茂一が花束を抱えている。

「どうしたの先生、その花ァ？」

「ウン？」

「買ったのかい？」

「ウン」

談志は叫んだ。

「ガァーッ、最後まで断れないのかぁ……育ちが違うーッ！」


その夏。

茂一は箱根の富士屋ホテルにいた。

最も仲の良い作家、梶山季之と何人かの銀座の女性を連れての逗留だった。

超売れっ子作家の梶山だが茂一から誘われ一も二もなくついて来た。

親子ほど年の差がある二人だが、お神酒徳利のようにいつも仲良く一緒にいる。

梶山は茂一を父親のように慕っていた。

若き日、同人雑誌を紀伊國屋書店に置いて貰っていたことがある。

「あぁ、全部売れたよ」

茂一が嬉しそうに笑顔でそう言って集金に来た梶山にカネを渡す。

「だけど……本当は全部、田辺社長が買ってくれてたんだもんなぁ」

茂一はそうやって多くの売れない若い作家たちを応援していたのだ。

「そんなこと、あったかなぁ……」

訊ねると茂一はそう惚ける。

茂一は茂一で梶山のことを心から敬愛していた。

今や日に原稿用紙で五十枚、それを毎日書かなければならない流行作家が、茂一との酒には必ず付き合ってくれるのだ。

一度たりとも断ったことがない、心の綺麗な優しい男だった。

それも、ただの優しさではない。

「凄い奴だよ。あれだけ一緒に飲んで遊んで、ボクは疲れて寝てる時に原稿書いてるんだから……」

梶山は原稿を落としたことが一度もない。

それがどれほど大変なことか、茂一はよく分かっている。

だが、梶山は大変な素振りは一切見せない。

茂一のことが好きで好きで堪らない様子だけがいつもあるのだ。

二人は屋外のプールサイドにいた。

二人ともサングラスをかけて白いビーチチェアに並んで腰を掛け、プールではしゃいでいる女の子たちを眺めていた。

「夏はいいねぇ……気持ちが軽くなる」

茂一がそう言うと梶山が頷いた。

「社長は色んなところに神経を使われてますから……こうやってのんびりされる時間って本当は少ないですものね」

「……うん」

茂一はそんなことが分かるのは梶山だけだと思った。

周りの殆ど全ての人間は茂一はただ気楽に生きていると信じて疑わない。

しかし、「好きなことをやる。好きなことだけやる」ために茂一は尋常でない気配り心配りをしてきていた。

同じように生きている梶山だからこそ分かるのだと思った。

「本当は大変なんでしょう？　どうです。そろそろ、社長を止《よ》しては？」

茂一はその梶山の言葉を真剣に受け留めた。

「そうだな……それもいいかもしれないね」

その時、プールから水しぶきと嬌声が上がった。

「社長さ〜ん！　一緒に泳ぎましょうよぉ」

茂一はゆっくりと立ちあがった。

そして、座っている梶山に向かって言った。

「軽くなった方がいいね。君の言う通りだよ」

そう言うやいなやソレッとプールに飛び込んだ。

「キャー!!　キャハハハッ！」

梶山は茂一が水の中で女の子たちと戯れているのを眺めた。

「……」

それまでとは……どこか違う雰囲気の茂一がいるように梶山は思った。

◇

松原は茂一に浅草の料亭『草津亭』に呼ばれた。

「何だろう？」

仕事のことなら事務所でするはずだと思いながら門を潜《くぐ》った。

その時ふと、初めて茂一と会った時のことを思い出した。

あれから何度となく『草津亭』は商用で利用しているが、そんなことは初めてだった。

「もう三十年近くか……早いものだな」

座敷には茂一が座っていた。

「？」

いつもなら一人で先に飲んでいる茂一が盃《さかずき》をそのまま伏せている。

「改まって何でしょう？」

松原は驚いて訊ねた。

茂一は笑顔で言った。

「松原さんと初めて会ったのはここだったたね」

その茂一の言葉に松原はエッと思った。

「いや、実はさっき私も同じことを思っていたんです」

茂一は嬉しそうに微笑んだ。

「ははは、ユング心理学のシンクロニシティ（共時性）ってやつかね」

茂一は色んなものを読んでいる。

「そうかもしれませんね。それにしても……まだお飲みになっておられないようですし、どうされたんですか？」

茂一は真面目な顔つきで言った。

「社長をやってくれないか？」

松原は驚いた。

「どうされたんです？」

「だから、社長をやってもらいたいんだ」

松原は、それは今さらと思った。

ずっと仕事は昼と夜で分担してやって来ていて、今の形で何の問題もない。

「何故です？　社長がお創りになった紀伊國屋書店なんですから、一生社長でいらっしゃればいいじゃないですか？」

そこで茂一は銚子《ちょうし》を松原に差し出した。

松原はそれを受けて返盃《へんぱい》した。

お互いにクッと飲み干してから茂一は言った。

「荷物を軽くしたいんだ」

「はっ？」

茂一は手酌でもう一杯飲んでから言った。

「残りの人生、自分をもっと軽くして生きていきたい。何ていうのかなぁ……軽荷主義、すたこらさっさで生きたいんだ」

松原は暫く考えてから言った。

「……紀伊國屋書店はもうよろしいのですか？」

少し寂しそうな声で訊ねた。

「松原さんたちが頑張ってくれて、これだけの大きさになった。紀伊國屋が大型店の出店で力をつけるのを見て他の書店も大型の店を出すようになった。おかげで書店業界全体の力が上がった。それで利幅も改善できた」

松原は頷いた。

「それは社長が業界のためにご尽力なさったからです。やはり、紀伊國屋にも書店業界のためにも社長は必要ですよ」

茂一はその言葉に手をひらひらと振った。

「過去は過去、ボクは大して仕事をしていない。あまり働いてこなかった。でも……」

一呼吸おいて、茂一は言った。

「あまり休みもしなかった」

茂一の存在そのままの言葉だなと松原は思った。

「松原さん」

「はい」

「ボクは……社長として嘘のない生活をしてきたよね？」

松原は深く頷いた。

まさにその通りで、私心のなさと嘘のなさが、茂一に多くの人を惹《ひ》きつける徳を纏《まと》わせていると松原は思っている。

「嘘のない人間なんて、この世にいないが、ボクは割合、そういう生活をしている」

「その通りだと思います」

そう言って松原は銚子を茂一に差し出した。

茂一は盃を空けて返盃してから、ここからはお互い手酌で、とまた銚子を握った。

松原も手酌になって数杯、飲んだ。

静かで穏やかな時間が流れた。

茂一が気持ち良さそうに口を開いた。

「ふと、夜中に目が覚めたりするとね」

「はい」

「ボクの今日《こんにち》は何なんだろうと思うんだ」

松原は盃を置いてじっと茂一を見た。

「何でこんな風に自分はなっているのか？」

茂一は遠くを見るような目になった。

「結局、想《おも》いだね」

「はい？」

「十歳の時の『本屋になる』という想い。それを貫き通した」

松原は頷いた。

「その通りですね。社長が純粋に本屋をやりたいというお気持ちが、今の紀伊國屋書店と全従業員を創り出したんですから」

茂一は盃を空けて強く言った。

「その想いは消えることがない。たとえボクが紀伊國屋書店の社長を下りても……」

そして松原に笑顔を見せて言った。

「紀伊國屋書店の隅々にまで行き亘《わた》っているんだよ。ボクの想いは……本が好き、本屋稼業が好きでたまらないという……紀伊國屋書店の魂となっている」

松原は頷いた。

社員一人一人が売場やバックヤードで懸命に働く姿が松原の目に浮かんだ。

そして思わず呟いていた。

「皆……本が好きなんです。そして、紀伊國屋書店が好きなんです」

茂一は何度も頷いた。

「嬉しいよね。そうなってくれたのは……」

茂一の顔がなんとも優しく輝いた。

「…………」

松原の目には、夕日に向かって鯨が潮を吹きながら、悠然と泳いでいくのが見えていた。

本書は書き下ろし小説です。

著者略歴

波多野 聖（はたのしょう）
大阪府出身。一橋大学法学部卒業後、国内外の金融機関に勤務、日本株運用のファンドマネージャーとして活躍。著書に『悪魔の封印　眠る株券』（単行本『疑獄　小説・帝人事件』を改題）、『メガバンク最終決戦』（単行本『メガバンク絶滅戦争』を改題）、「銭の戦争」シリーズがある。

Kadokawa Haruki Corporation

波多野 聖

本《ほん》屋《や》稼《か》業《ぎょう》

*

2016年2月8日第一刷発行

発行者 角川春樹
発行所 株式会社 角川春樹事務所
〒102-0074 東京都千代田区九段南2-1-30 イタリア文化会館ビル
電話03-3263-5881（営業） 03-3263-5247（編集）
印刷・製本 中央精版印刷株式会社

ISBN978-4-7584-1275-9 C0093
http://www.kadokawaharuki.co.jp/